JN125100

万葉叢書⑭

ようこそ　万葉の世界へ—万葉集入門

目次

第一部　万葉集って何?

1　万葉集はどう発音、よみをするのですか?……9

2　万葉集は、どういう意味でつけられたのですか?……10

3　万葉集をみると、いつも「約四五〇〇首」というように、「約」がついています。どうしてですか?……11

4　万葉集の価値として評価される点は、どういう点ですか?……14

5　万葉集の歌は、教科書や歌の本によく出ていますが、全部が良歌、名歌ですか?……15

6　万葉集の歌の良歌、名歌は全体の約二割しかないと言われていますが、この二割の持つ意味を教えてください。……16

7　万葉集の約八割はごくありふれた歌といわれますが、これらは意味を持たない、拙(ツタナ)い下手(ヘタ)な歌ですか?……17

8　万葉集の原本はありますか?……18

9 万葉集をみると「巻」を「カン」「マキ」の二通りの使い分けをしていますが、その使い分けの意味は?……19
10 万葉集の編纂者は誰ですか?……20
11 万葉集は西暦何年から何年の作品になりますか?……21
12 万葉の時期区分は四時期区分以外にありますか?……23
13 時期による歌の傾向や特徴はありますか?……25
14 万葉集の「部立」とは?……27
15 相聞歌とはどんな歌?……28
16 挽歌とはどんな歌?……30
17 雑歌とはどんな歌?……32
18 万葉集の中で一番新しい歌は?……34
19 万葉集の中で一番古い歌は?……36
20 万葉集の作者は何人?……38
21 万葉集には女性歌人はいるの?……39
22 なぜ歌を「首」で数えるの?……40

23　長歌はどのようにして発生したの？……41
24　万葉集に収められている長歌で一番長い歌と短い歌はどれですか？……42
25　韓国語で万葉集が読めるといわれますが本当？……44
26　万葉集には類歌が多くありますか？……45
27　柿本人麻呂は「歌聖」といわれるのはなぜ？……46
28　防人はどうして東国の人ばかりなの？……48

第二部　試して、楽しく読もう！

☆　誰の歌でしょうか？〈Ⅰ〉〈Ⅱ〉……49・53
☆　私は誰でしょうか？……57
☆　性別問題……60
☆　万葉集中に見える中国の賢人は誰？……60
☆　万葉集の欄外で出てくるのは誰？……61
☆　万葉読み方問題……61

☆　万葉音の問題……63

第三部　コラム

○こじつけ……67
○気質と研究対象……69
○歌の解釈に思う……73
○万葉人の平均寿命……74
○一首鑑賞……75
○万葉集研究に思う……76
○持統天皇の歌一首……77
○人麻呂信仰……79
○坂上郎女の血液型……80

第四部　万葉の論

1　初学の方に　万葉集入門……82
附・万葉集小論
2　万葉集に見る他殺、死刑小考―文芸心理学の側面から―……96
3　防人歌と現代社会……118
4　万葉集と現代社会……136
初出一覧……139
あとがき

第一部　万葉集って何？

Q　万葉集はどう発音、よみをするのですか？

**A　二つのよみ方があります。
　一つは、「マンニョウシュウ」
　二つ目は、「マンヨウシュウ」**

現在は一般に二つ目の「マンヨウシュウ」が使われています。平安時代（七九四～一一九二年）の中頃に出た『古今和歌集』（約九〇五年）の序に「万えふしふ」とあるのがよみ方についての最初のものです。この「えふしふ」をどう発音していたのかは現在わかっていません。

国語学の法則から平安時代にこの「えふしふ」を「ニヨウシュウ」と読むという説や、そう発音するのは中世以降の伝統的なよみだと言って、法則自体を否定するなど定かではありません。戦前（第二次世界大戦）は一つめの発音が主流でしたが、戦後は二つ目の発音が主流です。現在でも専門誌の欧文で一つ目のよみを使用していることがあります。

Q　万葉集は、どういう意味でつけられたのですか？

A　定説はありません。

一般にいわれているいるのは次の通りです。

一つめは、万（多くの）葉（言の葉＝歌）集（集めたもの）として、「多くの歌を集めたもの」とする説です。

次は、万（万世、万代＝多くの時代）葉（言の葉＝歌）集（集めたもの）というものです。

最後は万（多くの）葉（紙数）集（集めたもの）というものです。

現在刊行されている万葉集の本はこの三つのうちのどれかに寄って解説しています。

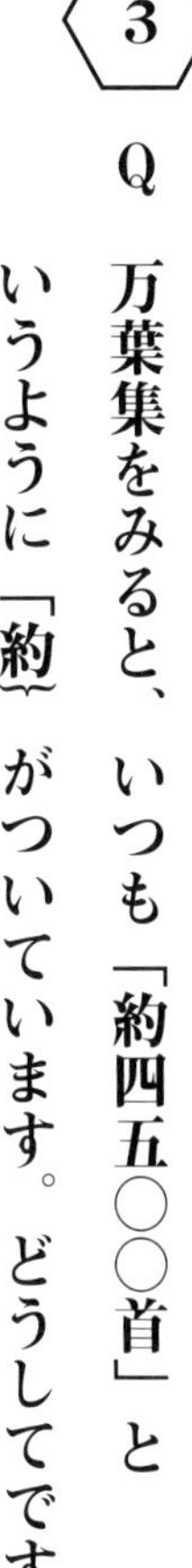

3

Q　万葉集をみると、いつも「約四五〇〇首」というように「約」がついています。どうしてですか？

A　「約」をとることはできないから。

説明します。万葉集には重出歌という同一の歌が三〇首あります。少し違う語句があるだけの歌、これを少異歌といい、二三六首あります。類歌といって似ている歌は一二四四首あります（佐佐木信綱著『万葉集の研究・第三』（昭和48年7月・岩波書店）による）。

「或歌」として存在する重出歌を、その前にあっても数える人、一方で二度も数えることはないという人もいます。その考え方の違いで総数が異なっているのです。

また、例えば巻六の一〇二〇番歌をみますと、どの本も1020・1021と二つの数字を付けております。これは「大君の命恐み」から「ゆゆし恐し」までを1020番歌とし、後半の「住吉の現人神」から末尾の「本の国辺」までを1021番と見るからです。

これを長歌一首とみれば1021番は欠番となり、次の歌は1022番歌となります。この扱いによって、数字は一つ動くことになります。

現行の万葉本は何故か1020と1021を重ねております。これは一首なのか、二首なのか、問題を残していることになります。

一〇二〇　王の命恐み　さし並ぶ　國に出で座すや　吾が背の君を　繋けまくも　ゆゆし恐し　住
吉の

一〇二一　現人神　船の軸に　うしはき給ひ　付き給はむ　島の崎前　依り給はむ　磯の崎前　荒
き浪　風に逢はせず　草づつみ　射疾あらせず　急けく　かへし給はね　本の国辺に

歌の数ということでは、どの系統の万葉集の本を使うのかということによっても違ってきます。元来(ガンライ)、万葉集の原本があり、現存していれば問題はありません。しかし、万葉集の原本は現存していません。

万葉集はいろいろな人が書写しました。それが現在、元暦校本(ゲンリャクコウホン)、西本願寺本、神宮本等といい、その書写された時代や所蔵者の名を冠(カブ)せたものとして存在します。約二〇種類あります。ただ、これらの中には書き落とした歌や、意図的に改変したと思われる歌等があり、研究対象としても問題を抱えています。つまり、扱う本により歌数が違ってくるのです。例えば、神宮本では巻一がなぜか三首ほど抜け落ちています。二六、二七、二八の三首が抜けています。その結果、巻一は一般に八四首ですが、この本では八一首となっているのです。

二条天皇に進覧された藤原清輔の『袋草紙』（一一五七〜一一五九年成立）では四三一三首と数えられています。江戸時代に出た『仮名万葉集』（撰者未詳）は四五三三首とあります。その差は二二〇首となります。

これらのことを考えますと、「約」という文字が切り離せないことになるのです。

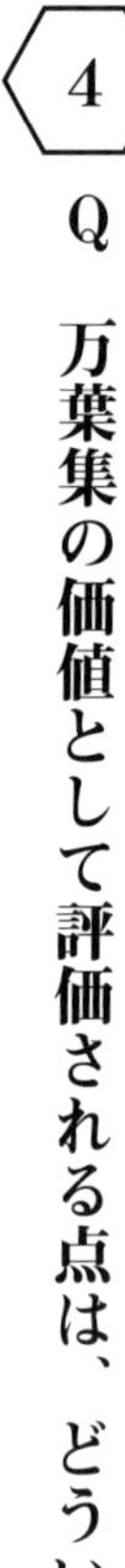

4

Q　万葉集の価値として評価される点は、どういう点ですか？

A　万葉集は文化史的にみて、日本のみならず、世界史的にも評価されるものと言えるでしょう。

説明します。

今から千数百年前の時代に、最高支配者から名もなき一般民衆までの生活に基づいた精神世界を歌い上げた民族があるでしょうか？

政争の中での固有名詞を持った支配者の折々の感情の露詠のほか、一般民衆の老若男女が日常の心情を歌っています。そして北海道と沖縄、本州の青森、秋田、山形、岩手の東北四県を除いたすべての地域において見られるのです。

万葉集は文化史的宝庫ともいうべき、無尽の価値があると言えます。国語学、数学、地理学、歴史学、比較文化史のほか、動植物学や天文学、色彩学、心理学、政治学などほとんどの学問分野に有益な過去の情報をもたらすものなのです。

Q　万葉集の歌は、教科書や歌の本によく出ていますが、全部が良歌、名歌ですか？

A　いいえ、すべての歌がそうとは言えません。

本当の名歌、秀歌、良歌等でしたら、歌を詠んだ時に是非この歌を暗記したい、覚えたい、メモしたい、あるいは千数百年時空を超えたのに、どうしてこんなに強烈な感動や新鮮さを覚えるのだろう等と感じてしまうものです。そこまで行かないにせよ、万葉集の歌の上に○か☆印の一つもつけたいものです。そう思うものを、世に出ている本で調べてみました。俗にいう世間一般の万葉集名歌、万葉集秀歌、万葉百首歌等の本でチェックし、数えてみました。すると、どの本も、ほとんど申し合わせたように、きまった歌しか取り上げておりません。その数はせいぜい出ても八百首は越えません。すると、約四五〇〇首の僅か十七・七％、極く大雑把にみても約二〇％しかありません。残りの八割は秀歌、良歌、名歌とは言えないごくありふれた歌とも見ることができるのです。

6

Q　万葉集の歌の良歌、名歌は全体の約二割しかないと言われていますが、この二割の持つ意味を教えてください。

A　約四五〇〇首中の二割弱の八百首をどうみるかということです。

上は天皇から下は名もなき一般の人々までの歌で、秀歌、名歌が八百首もあるということは、文芸性の高さ、文化史的にすばらしいことです。

韻文の世界で、西洋のギリシアや、東洋の中国等、輝かしい歴史のある国でも上は支配者から下は搾取される民衆までがこれ程多くのすぐれた韻文を残した国はありません。そういう輝かしい価値、意味があります。

Q　万葉集の約八割はごくありふれた歌といわれますが、これらは意味を持たない、拙（ツタナ）い下手（ヘタ）な歌ですか？

A　違います。立派な意味を持ちます。

説明しましょう。一つに、飾らない素朴な感情が吐露されて共鳴、共感を覚える歌があることです。

二つに、名もない老若男女の歌、それも全国的な広がりの地域に見られる歌ということです。

三つ目に、国語学の面、方言学等をはじめ、先にふれた様々な学問分野において有益な資料が歌の中に含まれていることです。

こうした内容の広さ、深さが万葉集の歌全体から見て取れることです。

Q　万葉集の原本はありますか？

A　原本はありません。

万葉集が誰によって、どういう意図で編纂され、全部で何巻何冊本で完成されたのかはわかっていません。

誰か一人の人によって編纂され、二十冊二十巻として成立したものか、あるいは個々の一冊毎に、東歌、防人歌をまとめ、歌の作者を旅人、憶良等を中心にといった具合に項目等を分けたのかも分かっていません。

ただ、西本願寺本が二十冊、二十巻として、鎌倉時代後期に書写され、これが完本の形といわれています。

流布本の中には、歌番号が乱れたり、左注の中には藤原道長の名が見えたりして安定していないものもあります。

Q　万葉集をみると「巻」を「カン」「マキ」の二通りの使い分けをしていますが、その使い分けの意味は？

A　冊の意味の時は「カン」、それ以外では「マキ」と読みます。

万葉集は全部で何冊からなる歌集なのか、という時は、二〇冊ありますのでカンを使って二〇巻（カン）といいます。

二〇冊のうち、個々、別々の第一冊目は巻（マキ）一といいます。従って、二冊目、三冊目…は巻（マキ）二、巻（マキ）三…といい、二〇冊目は巻（マキ）二〇となります。

10

Q　万葉集の編纂者（ヘンサンシャ）は誰ですか？

A　諸説があって決まっていません。

大体、一〇名程が編纂者として名前が挙がっています。

大伴家持、文武天皇、聖武天皇、孝謙天皇、平城天皇、桓武天皇、藤原浜成、藤原真楯、山上憶良、橘諸兄です。橘諸兄と大伴家持、藤原浜成の三者が編纂したとされる説もあります。天皇が見えるのはその天皇の勅撰かとみるためです。

編纂者としてよく取り上げられるのは大伴家持です。集中に四七二首あり、大伴の名を持つ人が集中、三一名おり、次に多い藤原氏の一七名の約二倍いる等からの理由のようです。

Q　万葉集は西暦何年から何年の作品になりますか？

A　極く大雑把にみて、大化の改新の六四五年位から七五九年の作品です。

一般に政治史からみて、四つの時期区分をしています。

第一期は、上限を定めないで、下限を六七二年の壬申の乱までとしています。

第二期は、壬申の乱後の六七三年から七一〇年に平城京に遷都されるまでです。

第三期は、遷都翌年の七一一年からですが、その終りをどこに置くかによって扱いが異なってきます。理由は、第三期の代表的歌人を誰までにするかということになるからです。例えば、大伴旅人（六六五―七三一年）、山上憶良（六六〇―七三三年）までとすると、憶良の最終作品は巻六―八九七番歌で七三三年の作品とされていますので、七三三年となります。ただ、山部赤人（生没未詳）の歌との関わりから見て、赤人歌の最終作品が六―一〇〇五番歌で七三六年であるから、七三六年までを第三期とする見方もあります。

このように、第三期を誰までにするか、ということで時期区分の設定が揺れるのも事実です。第四期は、第三期が設定された翌年から巻二〇の最終作品のみえる家持歌（二〇―四五一六番歌）の七五九年となります。

12

Q 万葉の時期区分は四時期区分以外にありますか？

A 天皇の治世による区分等いくつかあります。

時期区分は先の四時期区分以外にもいくつかあります。

一つは天皇の治世を中心としたものです。

第一期は、34代舒明天皇（593～641）―40代天武天皇（?～686）。

第二期は、41代持統（645～701）―42代文武天皇（683～707）。

第三期は、43代元明天皇（661～721）―45代聖武天皇（701～756）の前半期。

第四期は、45代聖武天皇の後半期―47代淳仁天皇（733～765）。

二つ目は、歌謡の内容から見るものです。

第一期＝原始の段階―民謡的時期
第二期＝第二の段階―混沌（コントン）的時期

第三期＝第三の段階―開化的時期
第四期＝第四の段階―悒情（ユウジョウ）的時期

右の一つ目は久松潜一説、二つ目は風巻景次郎説です。これら以外にも五～六の時期区分を割り当てた説がありますが、ここでは割愛します。

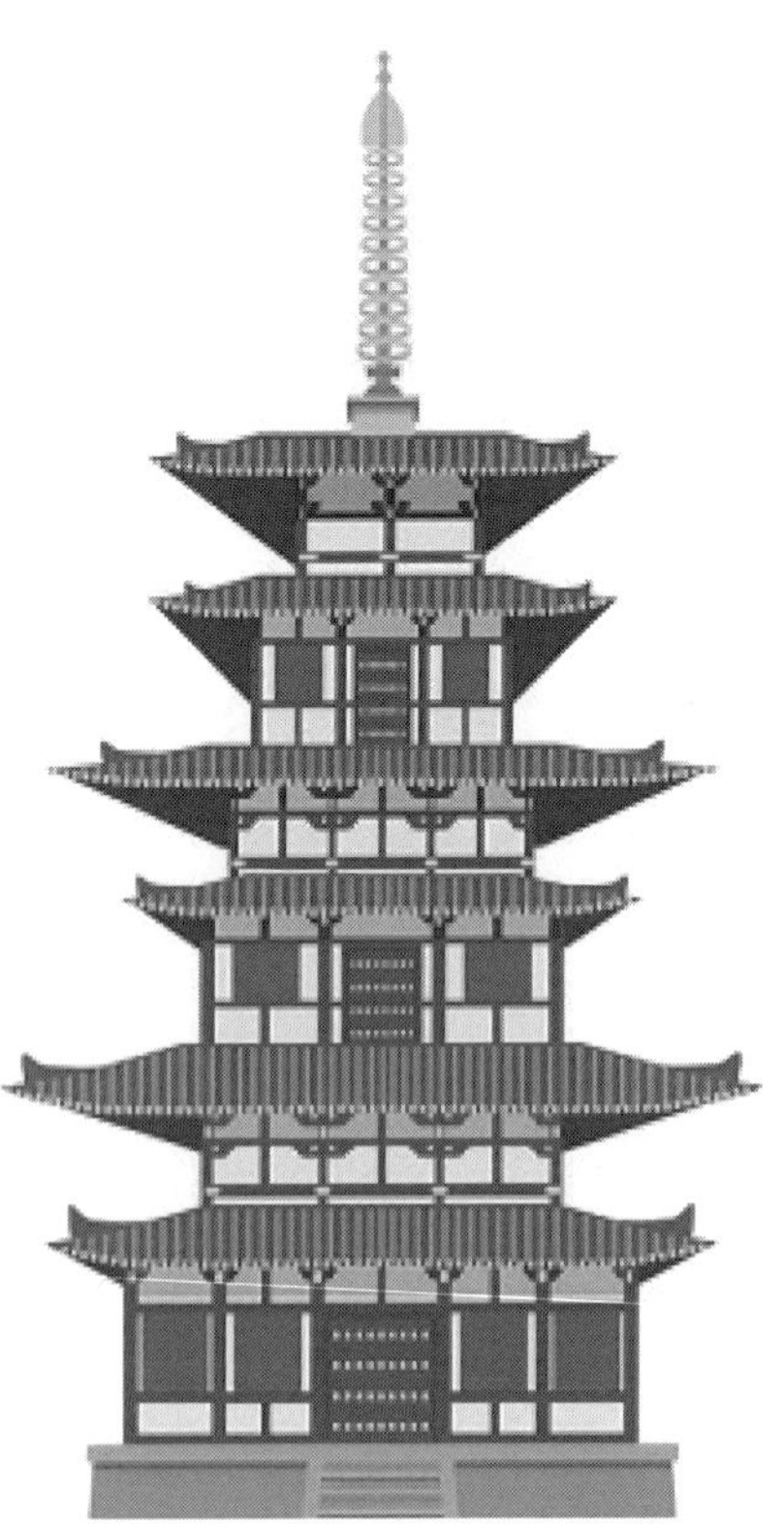

13 Q 時期による歌の傾向や特徴はありますか？

A 各期でありました。

【第一期】

第一は歴史的事件を背景とした歌が目にとまります。第二は皇族歌人の数が、庶衆の数より多いことです。第三は口誦から文学意識の萌芽の時期と指摘されています。

この時期の代表的人物はおおよそ次の者でした。

磐姫皇后・雄略天皇・天智天皇・聖徳太子・舒明天皇・額田王・有間皇子

【第二期】

第一に皇室讃歌の隆盛、第二は長歌形態の整備、第三は思想的歌が現われた、そして第四は叙景歌の出現等が目にとまります。

人物は天武天皇・持統天皇・元明天皇・大津皇子・大伯皇女・高市黒人・柿本人麻呂等です。

【第三期】

第一に、地方女性の歌が多く目にとまります。第二は六朝から唐にかけての文化の移入と影響が見られたこと。第三は従来の伝統を守ろうとする空気が強く働きました。第四に文学に退廃傾向が見られたこと等です。

代表的歌人は次の通りです。

元正天皇・大伴旅人・大伴坂上郎女・高橋虫麻呂・石上乙麻呂・山部赤人・山上憶良

【第四期】

第一に防人の妻、遊行女婦等の女性歌の多くがこの期に見られます。これらを受け、第二は爛熟期といわれています。第三は大伴家持の作品がこの期の主体であったことが見受けられます。

この時期の代表的人物は次の通りです。

孝謙天皇・大伴家持・大伴坂上大娘・大原今城・笠女郎・狭野芽上娘子・藤原皇后

14

Q　万葉集の「部立」とは？

A　分類のことです。

万葉集は「雑歌」「挽歌」「相聞歌」と「譬喩歌」の四通りに分類されます。これを部立といいます。発音は「ブタテ」。右の四通りの分類から、四つの大きな分類という意味で四大部立と言います。

15

Q 相聞歌とはどんな歌？

A 「恋」の歌のことです。

まず、読み方から説明します。五通りあります。

1 アイキカセル歌＝北村季吟「拾穂抄」

2 アイキキ歌＝荷田春満「万葉童蒙抄」

3 アイギコエ歌＝賀茂真淵「万葉考」

4 シタシミウタ＝鹿持雅澄「万葉集古義」

5 ソウモン歌＝現代の諸家

現在ではほかの雑歌、挽歌等と同じようにいずれも音読みで読まれます。

僧契沖、雅澄、橘千蔭、春満等は「恋の歌」と見ています。

相聞歌の歌数は見方によって違ってきます。巻立、部立として「相聞」の二字の入った総計は、上村悦子「万葉集の相聞歌」（『万葉集大成』・平凡社）は一七三三首とあります。四五一六首とすれば、三八・八％になります。

東歌、防人歌、雑歌等で相聞歌とみられるものを総合すると、万葉集全体の八〜九割がこの範疇（範囲）に入ると思われます。

【余話】

中国の古詩、孔子（前四七九年没）編いわれる『詩経』、陳の徐陵（五八三年没）の撰『玉台新詠』等には「相聞」という分はありません。

16

Q　挽歌とはどんな歌？

A　死に関する歌のことです。

相聞歌同様、読み方から説明します。

1　カナシミウタ＝鹿持雅澄「万葉集古義」
2　カナシミノウタ＝賀茂真淵「万葉考」
3　ヒクウタ＝荷田春満「万葉童蒙抄」
4　バンカ＝現代の諸家

意味は次の四通りがあるようです。

1　故人を悲しみ歌うもの（二―一四三～一四六）
2　故人に代わって歌うもの（五―八八六）
3　当人が歌うもの（三―四一六）
4　厭世歌（三―四四二）

部立として「挽歌」のみえるものは、巻二、三、七、九、十三、十四で全部で二一四首です。これに部立のない巻で挽歌とみえるものは、巻五、十五、十六、十七、十八、十九、二〇で合計四九首、合算で二六三首となります。竹内金治郎「挽歌」（万葉集講座6・'34年7月・春陽堂）による。人により基準は移動するので大体二六〇余首と見ておいて問題ないでしょう。四五一六首に対して五・八％になります。

次に歌を見てみましょう。

有間皇子（アリマノミコ）、自ら傷（イタ）みて松が枝を結ぶ歌二首

磐代（イハシロ）の浜松が枝を引き結び真幸（マサキ）くあらばまた還り見む　二―一四一

（有間皇子が自身悲しんで松の枝を結ぶときの歌二首

磐代の浜松の枝を引き結んで、さいわい無事でいられたら、また立ち戻ってみてみよう）

というものです。

万葉集には挽歌を通して悲劇の皇子が二人います。一人は有間皇子、もう一人は大津皇子です。大伯皇女（オホクノヒメミコ）の存在を通して大津皇子の悲劇が増幅されたのに対して、有間皇子にはそうした要素がないだけ、逆に悲しみが深く伝わるといわれています。

17

Q　雑歌とはどんな歌？

A　雑歌とは様々な内容の歌ということです。

ここでもまず、読み方から見てみます。読み方は四通り示されています。

1　クサグサノウタ＝荷田春満「万葉童蒙抄」
2　ゾウノウタ＝木村正辞「美夫君志」
3　サッカ＝金沢文庫本
4　ゾウカ＝現代の諸家

これら四通りの読み方がありますが、意味はすべて様々な内容ということです。雑歌のみえる巻は一、三、五、六、七、八、九、一〇、十三、十四、十六で歌数は一五五八首。四五一六首に対して三十四・四％です。

実際に雑歌を見てみましょう。

　當麻真人麿(タギマノマヒトマロ)の妻(メ)の作歌

わが背子(セコ)は何処行(イヅクユ)くらむ奥(オキ)つもの隠(ナバリ)の山を今日(ケフ)か越(コ)ゆらむ（一―四三）

（私の夫は今頃何処を旅しているだろう。隠の山を今日越えているだろうか）

愛しき夫の旅中を思う妻の歌です。

たまきはる宇智(ウチ)の大野(オホノ)に馬並(ナ)めて朝踏(アサフ)ますらむその草深野(クサフカノ)（一―四）

（宇智の大野に馬を並べて、今頃は朝の猟をしておいでであろう。その草の繁った野よ）

これは長歌につく反歌です。このように雑歌の内容は様々です。巻一は八四首ありますが、すべて雑歌です。

18

Q　万葉集の中で一番新しい歌は？

A　大伴家持の巻二〇―四五一六番目の次の歌です。

　三年春正月一日　因幡國の廳にして饗（アヘ）を國郡の司等に賜ふ宴（ウタゲ）の歌一首

新（アラタ）しき年の始の初春の今日降る雪のいや重（シ）ケ吉事（ヨゴト）

右の一首は、守大伴宿禰家持作れり

（天平宝宇三（七五九）年の春正月一日に、因幡国（鳥取県）の庁で国司郡司等に

　饗した宴の歌の一首

新しい年の始めの初春の今日ふる雪のように、いよいよ吉事の重なれかし

右の一首は守大伴宿禰家持が作ったものである）

　この歌は家持が四二歳位の時のもので、この吉事、めでたいことを寿（コトホ）ぐ歌をもって万葉集は終わります。

初句の「新しき」を「あたらしき」と読まず「あらたしき」と読むのは次の理由からです。平安時代初期に成立したとみられる『琴歌譜（キンカフ）』（天元四（九八一）年書写）の「一五・片降（カタオロシ）」に、万葉仮名で

阿良多之支（アラタシキ）　止之乃波之女尓（トシノハジメニ）…

とあるものに基づきます。

19

Q　万葉集の中で一番古い歌は？

A　巻二の巻頭にある磐姫（イハノヒメ）皇后の歌が最古のものといわれています。

磐姫は第十六代仁徳天皇の皇后です。仁徳天皇は西暦二九〇～三九九年の存命とされ、磐姫が立后したのは三一四年三月八日。万葉集の最後の歌とされる大伴家持の歌が七五九年ですので、約四四五年の開きがあります。

歌は

磐姫皇后（イハノヒメノオホキサキ）、天皇を思ひ（シノ）ひたてまつる御作歌四首

君が行き日（ケ）長くなりぬ山たづね迎へか行かむ待ちにか待たむ

右の一首の歌は山上憶良臣の類聚歌林に載す

（わが君たる天皇がお行きになり、随分日が経ちました。山にお迎えに行きましょうか、ここで待ち焦がれていましょうか）

【余話】

没年齢は仁徳天皇は一四二歳、少し前の六代孝安天皇が一三四歳とされています。存命期間が長く思われますが、これは春期と秋期、芽生えを一年の初めとし、収穫期をまた一年の初めとしているためです。実際にはその半分と言われています。

20

Q　万葉集の作者は何人？

A　人名のみえる数は約五三〇人位です。そのうち、作者数は四六〇人弱になります。

題詞中（詞書き）や左注、その他で人名のみが見えるだけで、歌の作者ではない人がいるため、大体五三〇～五四〇人の人名が見られます。

作者を時期区分別にみますと、次の通りです。

第一期…三〇人、第二期…一〇九人、第三期…一二九人、第四期…一八九人　合計…四五七人

※森本治吉・澤瀉久孝編『作者類別年代順万葉集』（昭和十二年・新潮社）による。

21

Q　万葉集には女性歌人はいるの？

A　女性歌人は一九九名程数えることができます。

万葉集に見える作者は約四五七名。そのうちの一九九名ですので、約四三・五％にあたります。三～四人に一人の割合ということになります。

時期区分でみます。

第一期…二九名中一三名（44.8％）　第二期…九五名中三五名（36.8％）

第三期…一三三名中二三名（17.2％）　第四期…二七六名中一二八名（46.3％）

【余話】

三大和歌集といわれる他の二つの歌集をみると、古今和歌集は作者一二七名中二九名（二三％）、新古今和歌集が四〇〇名中七七名（一九％）となります。

※阿部俊子「古今集・新古今集の女流歌人」（「国文学　解釈と教材の研究」9巻9号　一九六四年七月・学燈社）七五・七八頁参照

22

Q　なぜ歌を「首」で数えるの？

A　「首」の語義を考えるとそのヒントがあります。

「首」の語義については、諸橋轍次著『大漢和辞典』の巻12を参考に見てみることにします。それによると、「首」という語には全部で24の意味が取り上げられています。そしてその中に「詩歌文章の数を示す語」という項目があります。例文として「〔韓愈、與㆓陳給事㆒書〕獻㆓近所㆑爲復志賦已下十首㆒。」が出ています。その他にも「首」という文字には、「始める」や「あらわす」「もとづく」等の意味があるとされています。

これらを踏まえると、歌を「首」で数えるのは中国古典から来ているとともに、その内容において最も適切な表記だったといえるでしょう。

因みに中国には詩はありますが、歌という独立した形態の韻文はありません。

23

Q　長歌はどのようにして発生したの？

A　長歌の発生についての定説はありませんが、いくつかの考えはあります。

説明します。神事の際の祝詞（ノリト）のように祭主が神に申し述べる様式といわれるものが長歌発生の要因の一つと言われています。柿本人麻呂の「殯宮（アラキノミヤ）」がその例としてあげられます。

二つ目は問答の形がひとつにまとまったのではないか、といった考えです。

三つ目は叙事詩的内容を強調するために対句形式を採って長歌的表現としたものと見る説があります。そして、四つ目は五音・七音の連続句（五七・五七・五七等）が結びついた表現形式が長歌として成立したという考えです。

この四通りの考えがありますが、これらが複合的に連結して形成されたという見方が長歌の基本形式にあたると見れば良いかと思います。

24

Q　万葉集に収められている長歌で一番長い歌と短い歌はどれですか？

A　集中で一番短い長歌は巻一六の「由縁ある雑歌」中にある三八五七番歌、一番長い歌は巻二の一九九番歌です。

巻一六の三八五七番歌は七句から構成されたものです。「夫(セ)の君に恋ふる歌一首」とあります。左注に「佐為王(サキノオホキミ)に近習(キンジュウ)の婢(マカタチ)あり」とその作者名が見えるものです。

一方、一番長い長歌、巻二の一九九番歌は、柿本人麻呂の歌で「高市皇子尊(タケチノミコトノミコト)の城上(キノヘ)の殯宮(アラキノミヤ)の時(トキ)、柿本朝臣人麻呂の作る歌一首」とし、一四九句から構成されています。

【余話】

万葉集中に長歌は二六四首あります（見方により変動はあります）。朗詠、朗読等の時は必ず、五七、五七、で詠みます。枕詞が常に五音で、その下の七音とつながっているというのが理由の一つです。例えば、枕詞の「たらちね」は母に掛かります。「たらちねの母の命（ミコト）は」（三―四四三）というようにかかります。他でも五音は次の七音と常に密接な関係を持っています。五音七音で一つの意味を成すことが見受けられます。結句の時だけは五七七と三句でひとくくりに扱われることがあります。

25

Q　韓国語で万葉集が読めるといわれますが本当？

A　韓国語では読むことはできません。

韓国語で万葉集が読めるか考えてみましょう。万葉集の歌が収められた時期は西暦六四五年の大化改新あたりから最終作品の明らかな、大伴家持の七五九年作が一つ目安になります。現在から約一二六〇〜一三七〇年ほど前のことになります。

韓国に当時の文献上の証明が出来るものがあり、そこに万葉語と同一の発音や同一の意味が存在するならば、韓国語で読めるといえるでしょう。

しかし、この同一の基準を考えないで、現在の韓国語と同一の言葉、意味が万葉語にもあるので、韓国語で万葉集を読むことができるというのはどうでしょう。言葉は時代とともに意味・発音が変化していきます。この点を無視しては本末転倒と言えるでしょう。。

片方は千数百年前の文献上のもの、他方は文献またはそれに代わる証明もなく、時間の存在も無視してのものとなると証明は成り立ちません。

26

Q　万葉集には類歌が多くありますか？

A　万葉集には類歌が多いのは事実です。

類歌には、まったく同じ表現のもので、「同一歌」または「重出歌」というものがあります。また、ごく僅かに違う「少異歌」、そして誰が見ても語句が似ているという「類歌」の三通りがあります。

ある本では、重出歌＝15組―30首、少異歌＝118組―252首、類歌＝622組―1872首、合計755首―2909首とあります。こうみると、全体を四五一六首とすれば、四七・六九％が類歌になります。集中の半分近くを占めることになります。

なぜこんなにあるのか？これを考えますと、おもに三つの理由があることがうかがえます。一つは作者未詳の歌で心に共鳴できるものが民謡の形で伝承されていったというものです。二つ目はごく一部の表現を変えて、自作としたり、共同的一体感を共有するために作られたと考えることできます。そして、三つめは自分よりも地位の高い人や上司的立場の人の歌を用いることにより、自己評価につなげたいという思惑のもと作歌したものということが考えられます。

27

Q　柿本人麻呂は「歌聖」といわれるのはなぜ？

A　古今和歌集に「歌聖」と表記されているからです。

古今和歌集（九〇五年成立）の初めにある「仮名序」に表記されています。

正三位柿本人麻呂なむ歌の聖なりける

（正三位、柿本人麻呂こそ歌聖でありました）

この部分がそれにあたります。その少し後には

人麿は赤人が上に立たむことがたく、赤人は人麿が下に立たむことかたくなむありける

（人麻呂は赤人の上に立つことは難しく、赤人は人麻呂の下に立つことが難しい）

とあり、山部赤人とともに歌聖と評価されています。

【余話】

柿本人麻呂の歌の表現内容が深く広いため、一人の歌人が成し得るだろうか、という考えから「人麻呂集団」が想定されました。折口信夫によるもので、「柿本族人」という言葉を用いた上で「幾多の詞人が、幾代にも亙ってあったことも考えてみねばならぬ」と集団説を展開しました。

28

Q　防人はどうして東国の人ばかりなの？

A　東国にひとまとまりと言える部族が存在しなかったこと と、朝廷権力の発揮によるものです。

東国は今でいうと、琵琶湖以東のすべてを指します。防人の任地は北部九州の沿岸全域です。当時の九州には熊襲、隼人、その他の部族がいて、朝廷に反抗していました。また山陰地方の石見、出雲地域には朝廷に対抗できる一大勢力出雲族がおりました。朝廷の足元の瀬戸内海沿岸や畿内地方は経済的にも文化的、政治的にも先進的地域です。このため、朝廷の足元から任地に三千人、毎春一千人の交替は経済的基盤の弱体化につながる恐れがあるためできないという事情がありました。

その点、部族としてのひとまとまりを持たないのは東国だけでした。朝廷に順化して程なく、朝廷として一番安心して権力発揮ができる地域でもありました。それ故、難波（大阪）まで、食費をはじめ一切の旅費を防人各自に負担させる強権を発揮できたのです。

第二部　試して、楽しく読もう！

〈Ⅰ〉〈Ⅱ〉の歌は誰の歌でしょうか？あとのA～Jから選んでください。

本文・訳文はすべて岩波書店刊『日本古典文学大系』本によります。ルビの平仮名は片仮名にしました。

☆誰の歌でしょうか？後ろの選択肢（Ⅰは53ページ・Ⅱは56ページ）から選んでね！

〈答えは64ページ～〉

〈Ⅰ〉

1　熟田津（ニキタツ）に船乗（フナノ）りせむと月待（ツキマ）てば潮（シホ）もかなひぬ今は漕（コ）ぎ出（イ）でな　一―八

（熟田津で船に乗って出発しようと月を待っていると、月も出、潮もちょうどよい具合になった。さあ漕ぎ出よう）

答え【　　　】

2　風をだに恋(コ)ふるは羨(トモ)し風をだに来むとし待(マ)たば何か嘆(ナゲ)かむ　四―四八九

（風だけでも恋しく思っておいでなのはうらやましい。せめて風だけでも来るだろうと待っていられるなら、何の嘆くことがあろう）

答え【　　　　】

3　ももづたふ磐余(イハレ)の池に鳴く鴨(カモ)を今日のみ見てや雲隠(クモガク)りなむ　三―四一六

（磐余の池に鳴く鴨を見ることも今日を限りとして、私は死んで行くことであろうか）

答え【　　　　】

4　わたつみの豊旗雲(トヨハタクモ)に入日(イリヒ)見し今夜(コヨヒ)の月夜(ツクヨ)さやに照りこそ　一―一五

（大海の豊旗雲に入日の射すのを見た今夜は、月もさやかに照って欲しいものである）

答え【　　　　】

5　紫草（ムラサキ）のにほへる妹（イモ）を憎（ニク）くあらば人妻ゆゑにわれ恋ひめやも　一―二一

（紫草のようにうつくしいあなたが憎いのなら、すでにあなたは人妻だのに、何で私が恋などしようか）

答え【　　　　　】

6　石（イハ）ばしる垂水（タルミ）の上のさ蕨（ワラビ）の萌（モ）え出づる春になりにけるかも　八―一四一八

（石の上を激しく流れる滝のほとりのさわらびが、芽を出す春になったなあ）

答え【　　　　　】

7　夕されば小倉（ヲグラ）の山に鳴く鹿は今夜（コヨイ）は鳴（ナ）かずい寝（ネ）にけらしも　八―一五一一

（いつも夕方になると小倉の山に鳴く鹿は、今夜は鳴かない。寝たらしいなあ）

答え【　　　　　】

8　磐代(イハシロ)の浜松が枝を引き結び真幸(マサキ)くあらばまた還(カヘ)り見(ミ)む　二―一四一

（磐代の浜松の枝を今引き結んで幸を祈るのだが、もし命があった時には再び帰ってこれを見よう）

答え【　　　　】

9　わが背子(セコ)を大和へ遣(ヤ)るとさ夜深(ヨフ)けて暁露(アカトキツユ)にわが立ち濡れし　二―一〇五

（弟を大和へ帰しやるとて、見送って、たたずんでいると、夜はふけて、未明の露に私はぬれてしまったことである）

答え【　　　　】

10　春過ぎて夏来(キタ)るらし白妙(シロタヘ)の衣乾(コロモホ)したり天(アマ)の香具山(カグヤマ)　一―二八

（春が過ぎて夏がやってくるらしい。〔青葉の中に〕真っ白な衣が乾してある。天の香具山は）

答え【　　　　】

〈選択肢〉

A持統天皇　B大海人皇子　C志貴皇子　D有間皇子　E大伯皇女　F鏡王女　G額田王

H舒明天皇　I中大兄皇子　J大津皇子

〈Ⅱ〉

1　東(ヒムカシ)の野に炎(カギロヒ)の立つ見えてかへり見すれば月傾(カタブ)きぬ　一―四八

（東方の野には曙の光のさしそめるのが見えて、西を振りかえると月が傾いてあわい光をたたえている）

答え【　　　　】

2　うらうらに照れる春日(ハルビ)に雲雀(ヒバリ)あがり情悲(ココロカナ)しも獨(ヒト)りしおもへば　一九―四二九二

（うららかに照る春の日に、あげ雲雀が囀り、その囀りに心が傷む。独り物を思っていると）

答え【　　　　】

3　旅衣（タビコロモ）八重（ヤヘ）着（キ）重ねて寝（イ）ぬれどもなほ膚寒（ハダサム）し妹（イモ）にしあらねば　二〇—四三五一

（旅衣を八重も重ねて寝たけれど、やはり膚が寒い。妹ではないから）

答え【　　　　】

4　世間（ヨノナカ）を何に譬（タト）へむ朝びらき漕ぎ去（イ）にし船の跡（アト）なきがごと　三—三五一

（世の中を何にたとえよう。朝、碇泊地から漕ぎ出して行ってしまった舟の、何の跡も残さないようなものだ）

答え【　　　　】

5　われはもや安見兒（ヤスミコ）得たり皆人の得難（エガテ）にすとふ安見兒得たり　二—九五

（わたしは安見兒を得た。皆のものが得がたいものとしている安見兒を得た）

答え【　　　　】

6　田兒（タゴ）の浦ゆうち出（イ）でて見れば真白（マシロ）にそ不盡（フジ）の高嶺（タカネ）に雪は降りける　三―三一八

（田兒の浦を通って広い眺望のきく所へ出てみると、真白に富士の高嶺に雪が積っていることだ）

答え【　　　】

7　多摩川（タマカハ）に曝（サラ）す手作（テツクリ）さらさらに何（ナニ）そこの兒（コ）のここだ愛（カナ）しき　一四―三三七三

（多摩川にサラす手作りの布のように、サラニサラニどうしてこの子がこんなにひどく可愛いのかしら）

答え【　　　】

8　何處（イツク）にか船泊（フナハ）てすらむ安禮（アレ）の崎（サキ）漕（コ）ぎ廻（タ）み行きし棚無（タナナ）し小舟（ヲブネ）　一―五八

（今頃は何処に船泊りしているのであろうか。安礼の崎を漕ぎめぐって行ったあの棚無し小舟は）

答え【　　　】

9　世の中は空(ムナ)しきものと知る時しいよよますます悲しかりけり　五—七九三
（世の中は空しいものだとつくづく知る時に、いよいよますます悲哀の感を新にする）

答え【　　　　】

10　銀(シロカネ)も金(クガネ)も玉も何せむに勝(マサ)れる寶子(タカラコ)に及(シ)かめやも　五—八〇三
（金銀も玉も何で子というすぐれた宝に及ぼうか）

答え【　　　　】

〈選択肢〉

A　山部赤人　B柿本人麻呂　C防人歌　D高市黒人　E沙弥満誓　F山上憶良
G大伴家持　H藤原鎌足　I東歌　J大伴旅人

☆私は誰でしょうか？・後ろの人名記号（59ページ）から選んでね！

人名を選択肢から選び入れてください。

1　江戸時代、男性説がありましたが、私は女性です。
答え【　　　】

2　人品揃った悲劇の人
答え【　　　】

3　万葉集の有力な編纂者です。
答え【　　　】

4　悲劇の弟をひたすらに歌い上げました。
答え【　　　】

5　謀られた悲劇の人。「天と赤兄と知らむ。吾全(モハ)ら解(シ)らず」は彼の言。
答え【　　　】

6　伝説歌人といわれます。

答え【　　　　】

7　「酒を讃むる歌」の作者です。

答え【　　　　】

8　邸内に建てた蔵書室が我が国の図書館のはじまりといわれます。

答え【　　　　】

9　歌聖と言われます

答え【　　　　】

10　朝鮮系帰化人説の者です。

答え【　　　　】

11　近代の歌人、与謝野晶子にたとえられる情熱的な恋歌を作りました。

答え【　　　　】

12　大伴家持の弟です。

答え【　　　　】

13　真間手兒奈の歌を作りました。

《人名記号》

イ山上憶良　ロ石上宅嗣　ハ額田王　ニ狭野弟上娘子　ホ大伴家持　ヘ高橋虫麻呂
ト大津皇子　チ大伴旅人　リ大伴書持　ヌ柿本人麻呂　ル大伯皇女　オ有間皇子
ワ山部赤人

☆**〈性別問題〉**

左の人名中、性別にするとどうなるかな?男女半数だよ。

A 石川君子　B土師　C兒島　D張福子

男性【　　　】と【　　　】

女性【　　　】と【　　　】

☆**〈万葉集中に見える中国の賢人は誰?〉**

万葉集に見える中国の賢人は次のうちの誰でしょうか?

A孟子　B 荀子　C孫子　D孔子

答え【　　　】

☆〈万葉集の欄外で出てくるのは誰？〉

万葉集の欄外には意外な人物が見えるときがあります。次の誰でしょうか？

A太安麻呂　B神武天皇　C藤原道長　D紫式部

答え【　　　】

〈万葉読み方問題〉

次の万葉歌の漢数字の読み方は？

1　若草の新手枕（ニイタマクラ）を枕（マ）き初（ソ）めて夜（ヨ）をや隔（ヘダ）てむ**二八十一**不在国（アラナクニ）　一一―二五四二

（若草のような妻とはじめての手枕をかわしそめて、何で一夜でも間を置くことが出来ようか。可愛くてしかたがないのに）

答え【　　　】

2　ある長歌の中の漢数字です。

…朝獦余(アサカリニ)　十六(●●)履起立(フミオコシ)…　六―九二六

答え【　　　】

万葉集最後の歌《大伴家持の歌》の読み方は？

新　年乃始乃…（あらたしき　年の始の…）の「新」は「あたらしき」ではなく、「あらたしき」と読みます。なぜでしょうか？

A古事記に書いてあるから。

B万葉集の他のところに出ているから。

C琴歌譜に出ているから。

D風土記に出ているから。

答え【　　　】

〈万葉音の問題〉

馬の鳴声、蜂の羽音の聞こえ方は？

たらちねの母が養ふ蚕（カコ）の繭隠（マヨコモ）り馬聲蜂音せくもあるか妹に逢はずして　一二—二九九一

（母が養っている蚕がマユにこもるように、心持が晴れないことである。妹に逢う折がなくて）

答え【　　】

動物の呼び方は？

巻一三—三三二四番の挽歌（長歌）に次の語句が見えます。

…春の日暮（ヒクラシ）喚犬追馬鏡見れど…

この「喚犬追馬」の犬や馬を当時はどう呼んだでしょうか？

答え【　　】

《答え》

〈Ⅰ〉　1―G　2―F　3―J　4―I　5―B　6―C　7―H　8―D　9―E　10―A

〈Ⅱ〉　1―B　2―G　3―C　4―E　5―H　6―A　7―I　8―D　9―J　10―F

〈私は誰でしょうか?〉

1―ハ　2―ト　3―ホ　4―ル　5―オ　6―ヘ　7―チ　8―ロ　9―ヌ　10―イ
11―ニ　12―リ　13―ワ

〈性別問題〉

男性→AとD
Aは播磨守（三―三七八、一一―三七四二）Dは薬師（五―八二九）

女性→BとC
BとCはいずれも遊行女婦。Bの歌は（六―九六六）Cは（一八―四〇四七）です。

〈万葉集中に見える中国の賢人は誰？〉

D孔子

巻五の山上憶良による「沈痾自哀文」中に見えます。

〈万葉集の欄外に出てくるのは誰？〉

C藤原道長

神宮文庫本万葉集の巻一三―三二三一番歌の下段に「此哥入道殿讀出給」とあります。入道は藤原道長のことです。

〈万葉読み方問題〉

1　二は「に」、八十一は掛け算の九九(クク)→八十一。従って二八十一は「にくく」となります。

2　十六はシシ→十六で「しし」と読みます。これらによって、奈良時代には九九算が渡来していたことがわかります。

〈大伴家持の歌の読み方は？〉

答えはCです。平安初期に成立したとみられる『琴歌譜』（二一首）の「一五・片降（カタオロシ）」に

万葉仮名で

阿良多之支（アラタシキ）　止之乃波之女尔（トシノハジメニ）…

とあるのに基づきます。

〈馬の鳴声、蜂の羽音の聞こえ方は？〉

【答え】馬聲は「イ」、蜂の羽音は「ブ」でした。馬の鳴声を「イイーン」、蜂の羽音は「ブーン」と聞こえたようです。

〈動物の呼び方は？〉

【答え】喚犬は「マ」、追馬は「ソ」でした。犬を呼ぶのに「マ、マ」と言い、馬を追うのに「ソ、ソ」と言ったことによる表記と言われています。

第三部　コラム

○　こじつけ

神話や民族学などを調べていると、日本古来のものと考えていたものが近隣諸外国や、時には遠く北欧や北米にあったりして、ビックリすることがあります。まさに世界は一つ、人類皆兄弟、という観であります。

ときにはまた、滑稽な論に出逢いビックリすることもあります。それが一つの特殊な時代であると、その著者に対して滑稽さを感ずるよりも、時代のもつ恐ろしい力を感じて寒感が走ることになります。

先日、仲小路彰著『上代太平洋圏』(昭和17年5月・世界創造社)を見ていたら、第七篇第四章に「南米チチカカ湖の古代文化」という一章に

南米ペルーとボリヴィアとの国境、アンデス山脈中にチチカカ湖が存する。(中略)チチカカとは、その発音の如く、父と母とを意味し、その湖水の光の中に太陽崇拝を示すのであった。(中略)このインカ民族は西方のアジア、ことに日本人系なることは明かである。

というのがあり、まさにビックリ、サプライズであります。

この論で行くと、犬(ケン)が寝るからケンネル（犬小屋）で、従って、その語を使うイギリス人もまた、日本人系ということになりましょう。こんな調子で見れば、外国のすべての民族は日本人系となり、世界の王者は大和民族ということになります。

これが冗談ならまだしも、右のような調子で全篇が貫かれているのを見ると、第二次世界大戦下という特殊状況下ではあれ、時代の個人に与える影響の恐ろしい力を感ぜずにはいられません。仮に著者が意識的に、故意にこじつけたとしたら、それを許容している時代がやはり狂気じみていることになります。

では先の「チチカカ」とは、どういう意味かとみるに、これは現地居住のインディオ語で、〝この地に住む豹〟という意味であります。近年この湖が人工衛星により撮影され、豹の形にそっくりと判り、インディオ語との一致で話題になったことがあります。

だが考えてみると、現代は現代なりの「こじつけ」の時代になっているようにふと思うのであります。

たとえば、学問上の一つの問題に対して、AとBの相対立する二説があり、A説の側に立ったとしますと、対立する説を論破した上でA説の側に立つのではなく、都合のよいA説側の論をよせあつめて胡坐をかいているのが、殊に文科系の実情のように思えてなりません。換言するならば、都合のよい説のみで補強して満足するわけであります。一つの姿とみるのは稿者のうがち、ひがみでありましょうか。

○　気質と研究対象

「あなたのご専門は万葉あたりですか」と尋ねられたことがあります。今から二十年近く前のことでした。万葉のマの字も口に出さないのに変なことをいう人がいるもんだ、と思ったものでした。あれから二十年。今度は「万葉がお好きですか」と別の方から問われました。地方の文学青年というご年輩の方でした。

何故二度までも万葉集との係わりを指摘するのだろうか、一言も万葉のマの字も言わないのに…。ある時こんなことがありました。友人のAがBを指して、「あんなこまかい男、平安か中世の女流文学でもやっているんじゃないのか、グチャグチャとまるで女のできそこないみたいだ」と。(平安や中世で女流文学を専攻している心広い方、友人のことばにお許しあれ)事実、彼は中世の女流文学専攻で、Aの見方はあたっていました。

考えてみますと、文学研究に於いて、作品や作者は上代の神代（かみよ）から現代に至るまで無数のものがあります。その中であえて特定の作品なりに焦点を絞ってやることは、研究者がその作品なり作者に働きかけるのか、はた又その逆か、とにかく両者が相呼応するものがあるからでしょう。従ってある人はこんなことを言ってました。「その学生の性格を知ろうと思えば、卒論のテーマを聞けば分る」と。

このことは国文学に限らず、他の専攻分野でも同じでありまして、かつて数学者で文化勲章受章の岡潔氏も同様のことをいわれておりました。きっと、学問対象とその人の気質とは呼応関係にあるのでしょう。

先日、幾つかの万葉集に関するものをみておりましたら、次のような本の著者言葉が目にとまりました。

その一。井乃香樹著『万葉美学』（昭和33年1月・日本古典学会）の序は

昭和五年の秋、私は万葉集に就いて偉大な事実を発見した。自身の発見を偉大といふのは不遜であるが、それは実に驚くべき偉大な事実であった。

という書き出しで起されています。

その二。高橋公麿著『万葉集難歌解論』（昭和47年3月・日本歌謡芸術協会）の序は

本書は、今までの誤った解説を指摘し、訂正したものである。その数は本書に収録したごとく三百を下らない。ゆえに古辞典なども、多少変わることを自負する。

とその執筆の動機にふれ、後記ではその中程に全釈などと銘うった本も見えるが、長歌などは註釈に過ぎず、全釈とはおよそ縁遠い「羊頭狗肉」のものばかりである。これはひとえにレベルが低下したためと思われる。また、万葉を解するには正しい漢字こそ必要なのに、漢字の本家本元である中国でさえ、現在漢字が極端に簡略化されて原形をとどめなくなっている。それに対応する辞書があるだろうか。ゆえに今において万葉の誤りを正さなければ「一犬虚を吠え、万犬実を伝う」ごとく、万葉集は永遠に誤れるまま伝えられるであろう。なぜなれば、明治生まれの大学者も、あやまりを犯しているからである。国語力の低下している昨今の学徒はなおさらだ。

として、筆をすすめています。

その三。長瀬武之助著『万葉集難訓歌全解』(昭和48年6月・A・A)のまえがきは

万葉集に千二百年未だ訓み解けない、額田王の歌があることを初めて知って、ひとつ解いてみようと思いたったのが今年の二月二十三日。「定訓を知らず」とある､他の難訓歌を拾い出して､いっしょに考えてみることにした。念願の額田王の歌が訓み解けて、快哉を叫んだのが三月五日。高

市皇子の歌は、仕上げに手間どって三月十日。拾い洩れの人麿の歌を最後に、全部完了したのが三月十七日。今迄、万葉集とはなんのかかわりもなかった詩畠の私にとって、このような万葉集との出会いは、額田王や高市皇子、人麿などの万葉人が、私の登場を待っていたとしか思われない。「万葉集難訓歌全解」と題するこの小誌は、その記念である。

がそのすべてです。

井乃香樹がどのような人か、稿者は知らない。他の二名の方はその略歴に、詩人とあります。こうした自身に満ちた言動は、詩人としての職業柄からのものか、その人の気質によるものであろうか。そのいずれなるか稿者には分らぬが、ただひとつ言い得ることは、これらの自信に満ちたものが一つも注目されていないことです。

茶番の具としてみれば、こうした話題提供も又、万葉集の魅力の一つなのかも知れません。

筑波の秀峰をながめつつ記す。

○　歌の解釈に思う

香具山は　畝火雄男志等　耳梨と……（1―13）

彼の名高い中大兄皇子、後の天智天皇の歌です。

これを見ると、「雄男志」のところを、〝を惜しと〟〝を愛し〟〝雄々し〟等を充ることによって、三山が男になったり女になったりします。なかには、畝火の麓に洞穴らしいのがあるので、女山という説さえあります。穴があるから女山とは落ちにもならぬ話であります。

これについて、従来、中大兄皇子と大海人皇子と額田王の三角関係を暗に詠ったということが言われています。だが考えてみるに、どこの誰が自分の三角関係を取り上げる馬鹿がいるかということであります。仮に他人が指摘しても否定するのが一般の常識というものでありましょう。

これなどは、素直に、ある時地元の古老から三山の伝説を聞いた作者が、そのあまりにも人間臭いその点に興味を覚えて、興の赴くままに取り上げたとみればよいのではなかろうかと思うのでありまず。

最近はどうも、難しく解釈したり、こねくりまわしたりする傾向があるようですが、もっと自然体に、素直に解釈することに重点をおくのも一つではないかと思うのでありますが……。

○　万葉人(ビト)の平均寿命

坂上郎女の生涯を検証しながら、ふと、万葉人の寿命を知る必要に迫られたので、万葉集の作者をはじめ題詞や左注等にその名を止めるもので、生没の検証可能な者に当たってみました。

皇族二〇名の内には文武天皇のように二五歳の短命や逆に智努王の七八歳のように長命の者もありますが、平均すると五三・九歳となります。

他方、臣下では大伴君熊凝の一八歳が短命の代表でありますが、逆に中臣清麻呂の様に八七歳という長命もあって、臣下二九名の平均は六三・九歳となり、両者の平均は五八・九歳ということになり、意外な長寿に驚きました。

これは正史に名を成す程の者であるから栄養が良かったとか、医療に恵まれていた、等の理由によるのでありましょうが、しかし判らないのは何故、皇族が臣下より一〇歳も短命なのか、ということであります。

○　一〇〇人で鑑賞する万葉百人一首

天地（アメツチ）と共に終へむと思ひつつ仕へ奉（マツ）りし情（ココロ）たがひぬ　（巻2―176番歌）

〔鑑賞〕

二十三首一連のこの作群を見ていると、人の世の凝縮した姿と羨望がそこにはあるかのような感慨を催（モヨオ）す。

それは一つに、かくほどに純粋に他者の死を悼み泣慟（キュウドウ）することの出来る舎人らの心情が羨望まがいに響いてくることであります。

肉親や極く親しき間柄との死別であるならばいざ知らず、皇子という立場の者に対してのかくまでの情は皇子の余程の人柄でなければうたえるものではありません。歌う側にせよ歌われる側にせよ、ここにおける双者の関係はまさに現代に失われたものへの回帰を示す姿といえましょう。

もう一つは、面従腹背、本音と建前の使いわけ、それがあたかも当り前の如く人間関係にあって、人間砂漠が広がっている現今、人として、人に交わるならば、かように慕われ終えたいもの、という願望をもつ、それがここには見えていることです。

皇子の人望と舎人等の人柄この二つの合一したところの呼吸がこの歌の成立因といえましょう。これに対して、この歌は柿本人麻呂の代詠歌であり、作者は人麻呂故の虚構という見方もあります。だが作者が誰であれ、そのいわんとする点に、右の二点は含まれるでしょう。そこにこの歌の時間を超えた永遠の響きをかんずるのであります。

○　万葉集研究に思う

書物に向かい人様の論を読んでいると研究ってそんなもんだろうか、と思う時があります。

例えば、「万葉集の名義考」なる論文を読んでいると、万葉の「葉」は「言の葉」の意味で、「萬づの言の葉」即ち「多数の和歌」の意味であるとか、一方、万葉とは多くの時代に亘る集、即ち、萬世、萬代の意とする説があり、そのいずれであろうか、ということが、喧しく言われるが、そのどれか一点に絞り込もうというのは、自然科学に毒された机上の論ではありますまいか。一つの語に多角的な意味を持たせるという発想から解釈して、何故いけないのでしょうか。多角的に見て、それらの複合体としての名義を捉える、それが人文科学に於ける人間学の基本ではないかと思いますが、如何なものでしょうか。又、その成立についても、宝亀二（七七一）年十月以降説が定説化されていますが、これなども、唯、国名を都を中心にして順々に並べていっただけのことで、東海道がどうの、東山道がどうのというのは、後から理論づけただけのことではなかろうか、と思うのですが如何なものでしょうか。

○　持統天皇の歌一首

万葉集の名歌、百人一首にも入っている持統天皇の歌、

春すぎて夏来るらし白たへの衣乾したり天の香具山

（春が過ぎて夏がやってくるらしい。しろたへの衣が干してある、天の香具山に）

は、本当に名歌なのでありましょうか。

厳しく寒い冬から解放されて春がやってくる、と歌うならばその気持も分りますが、ここはそうではなく、万葉人がもっとも避けている夏を待ち望んでいるなんて、そんなことがあるのでしょうか。又、春が過ぎれば夏が来るのはあたり前すぎることで、我々が仮に、「秋すぎて冬のおとずれ…」なん

て歌えば、どちらかの季語は陳腐とかいわれて直されるのではないでしょうか。この歌、別のところに意味があるのでは。

即ち最愛の我が子、草壁皇子を亡くしたのが六八九年四月一三日であります。持統天皇四五歳の時です。この点を押さえて解釈するならば、

春が過ぎて、今年も又、最愛の草壁皇子の亡くなった四月即ち初夏がやってきたらしい。真白い衣が天の香具山に乾してあるのをみていると、葬列のあの白い装束のことが思い出されてくる。

ということではないでしょうか。

持統天皇の、親の子を想う情感、それがこの歌を名歌に仕上げているのではなかろうかとおもうのであります。

○　人麻呂信仰

歌聖人麻呂に肖りたい気持が昂められて信仰になる。極く自然な感情の発揚であります。だが人麻呂が聞いたら、さぞ目を白黒させるのではないかと思うことがあります。人麻呂神社なるところの信仰の対象が火事から守る火の神様であり、安産のための神様であると聞いたならば。

群馬県の南牧村に祭られている人麻呂神社を地元の人々は「安産の神様」とし、又、「火の神様」として祀っています。

一見、何故火の神様であり、安産の神様であるかピンと来ない。だが「ヒトマロ」が「ヒトマル」として、「火止まる」と考えれば納得がゆくであろうし、ヒトマロに母音一つを入れれば「ヒトウマル」となり、「人生まる」即ち、安産の神様になることを知る時、素朴な庶民の生活の知恵をみるおもいがします。

村八分の残り二分の内の一つが火事といわれるのを考える時、火に対する庶民の恐れが願望として「火の神」へ昇華し、出産という人生最大の行事を考える時、「安産の神様」に祭りあげる気持が分るようなおもいがします。

いうならば、人麻呂信仰は庶民の素朴な生活の知恵の一つなのです。

○　坂上郎女の血液型

ある時、学生来ていうには「大伴坂上郎女ってどういう性格のひとなんですか」と。

「さあ、どう答えたらいいのかな」と一寸困惑気味の私。

「現代的に郎女に迫ってみたい（もの）ですネ。（そして）出来れば、将来のためにも生きた論文を仕上げたいものですが、何か良い方法はないでしょうか」とその学生。その結果、血液型性格判断をはじめ、血液型からみた相性、血液型別交き合い法など、血液型が世上で話題になっているので、それを基にして卒論を仕上げてはどうか、ということになりました。

水を得た魚とはこんなものかと思う程、その学生は張り切り出しました。「先生、この本読まれましたか、○○の本はありますが、××について、先生はどう思いますか」といった按配。

おかげで、それに付き合わされて血液型の本を買うやら、読まされるやら、の一年。その甲斐あってか、こま切れの、即席の知識だが、一時間や二時間喋れる分量を手にすることが出来ました。

学生の方は、血液型別の性格分類表の詳しいのを作り上げ、それに郎女の歌をあてはめていった結果、B型とのことでした。

血液型が知られなかった当時ではあるが、これを耳にしたならば、郎女さん、何というでありましょうか。

第四部　万葉の論

1　初学の方に　万葉集入門

一

「万葉集」の名前を聞いたことがありますか。中学三年生ならおよそのことは知っているでしょう。しかし一年生や二年生はまだ知らないかも知れません。これは我が国で一番古い和歌の本で、奈良時代にできた歌集です。

では、「万葉集」にはどんな歌があるのでしょうか、一緒に見てゆきましょう。

　春すぎて夏来るらし白妙（シロタヘ）の衣（コロモ）ほしたり天（アマ）の香具山

知っている人もいるでしょう。そうです。「百人一首」にあります。これは持統天皇の作で、巻一の二八番歌にあります。意味は、

　春もすぎて夏がやってきたらしい、白い衣がほしてある、天の香具山に。

というものです。「夏がやってきたらしい」といっても、旧暦の夏、それも一月から三月が春で、四月から六月が夏という順になるのですから、現在の七、八月を思わせる夏とは違って、今でいえば五月のはじめ頃でしょう。冬の寒さから解放されたよろこびがこの歌の中にあるといえましょう。冬もすぎ、すべてのものが生き生きとして、山や野には青葉や若葉が繁り、人々の心持ちも晴々とした、そうした時分、天の香具山をみると、青葉、若葉の中に白い夏の衣の干してあるのがくっきりとうかんで見える、あー、夏がやってきたらしい。そういう気持ちで詠んだものでしょう。

　東の野にかぎろひの立つ見えてかへり見すれば月かたぶきぬ

この歌も教科書や参考書等に出てくるので、よく知っているでしょう。巻一―四八番歌にある柿本人麻呂の歌です。意味は、

　東（ヒムガシ）の方の野には、明け方の光のさしはじめるのがみえ、反対の西の方をふりかえると月がかたむいている。

というもので、作者は明け方の野原にでも出ているのでしょう。すると東の空が白々しくなって、光のさしはじめるのが目に入る。ふっと反対の方の、西の方をふりかえってみると、月が次第にかたむいて、その光も弱々しくかんじられるというものです。スケールの大きいことで有名な歌ですが、

同時にすがすがしい朝の情景が頭にうかぶことでしょう。この歌は、江戸時代に、与謝蕪村という人の

菜の花や月は東に日は西に

という俳句に影響を与えたといわれるものです。

さて、今見ましたのは誰でも知っている有名な歌でしたが、「万葉集」には約四五〇〇首もの歌があるのですから、全部が全部こうした有名なものとは限りません。なかには名もない人の歌や十代の若い人の歌などもあります。今、その一つとして、防人（サキモリ）の歌を見てみましょう。巻二〇―四三四六にある、

父母が頭（カシラ）かきなで幸くあれといひし言葉（ケトバ）ぜ忘れかねつる

この歌の意味は、

父さんと母さんが僕の頭をなでながら、無事に行ってきなさい、といった言葉が忘れられない。

というものです。防人というのは、今でいうと静岡県から東の地方（関東）の名もないお百姓の男が、朝鮮や中国の人が日本を攻めてくるのを防（フセ）ぐために、北九州の博多地方に派遣された人々のことです。

防人はその名のように、崎守（サキモリ）のことで、海岸を守る任務を受け、任期は三年です。自分の村から大阪までは食糧は自分持ちです。この歌は、出発の時のことを思い出し歌ったものでしょう。「戸令（コリョウ）」という法律などから考えると、防人は一七歳位からいるといえましょう。今の満年齢でいえば、一四、五

歳です。交通不便なこの時代に、故郷をあとに、村の人と出発して行く我が子に、無事で元気に帰ってくるんですよ、といって励ました親の愛情と、その父さんや母さんの言葉がふっと思い出されたという防人の子の気持ちがよく出ているといえましょう。防人の歌は主として、巻一四や二〇にあります。

次に巻一六—三八三八番歌の

吾妹子（ワギモコ）が額（ヒタヒ）に生ひたるすごろくの牡牛（コトヒノウシ）のくらの上のかさ

を見てみましょう。訳は、

私の妻のひたいに生（ハ）えているすごろくの、大きな牛の鞍（クラ）の上のおできよ。

というものです。この歌の左にある言葉（これを左注と言います）として、「もしわけのわからない歌を作る人がいる時は、その人にお金と帛（ワタ）をあげましょう」、と書いてある歌の一つです。もう一つは、巻一六—三八二七番の

一二（ヒトフタ）の目のみにあらず五六三四（イツツムツミツヨツ）さへありすごろくのさえ

（一、二の目だけでなく、五六、三四の目さえもあることかなあ。すごろくのさいは）

です。あまりにも当たり前のことですが、これを歌として詠んでいます。万葉集の中には、こういうものもあるのだということを知っておくとよいでしょう。

右で見たように、万葉集には有名な歌から、わけのわからない歌まであり、作者も防人や乞食者、天皇、娘等というように様々です。

二

ここでは、万葉集で歌われた時代の信仰や習慣等を見てみましょう。

磐代(イハシロ)の浜松が枝(エ)を引き結び真幸(マサキ)くあらば亦かへり見む

意味は、

磐代の浜の松の枝と枝とを引き結んで、もし無事にふたたびかえることができるなら、その時は又みましょう。

というものです。巻二の一四一番の歌です。この歌によって、松の枝と枝とを結ぶことによって長命を祈ったことがわかります。なお、この歌は蘇我赤兄の計略にかかって斉明天皇のもとに連れて行かれる途中に有間皇子が歌ったもので、皇子はこの後絞首刑にされました。同様に、草と草を結んだ歌もあります。例えば、巻一の一〇番歌の

君が代もわが代も知るや磐代の岡の草根をいざ結びてな
（あなたの寿命も私の寿命も知っている、磐代の岡の草を、さあ結びましょう）
がそれです。命に対する当時の人たちの思いが反映されているといえるでしょう。

次に習慣として身だしなみに関するものを見てみましょう。万葉集の時代でも若い女性は花をかんざしにして飾ったり、時にはかづらにして楽しんだのです。その理由は後で見るとして、歌から見てみましょう。

梅の花咲きたる園の青柳はかづらにすべく成りにけらずや
意味は、
梅の花の咲いたこの庭の青柳は、頭のかづらにするほどに成ったではありませんか。
というもので、巻五—八一七番歌です。やがて花が成長すると、男女共々に頭にかざしたとみえまして、すぐ後の八二〇番歌に
梅の花今盛りなり思ふどちかざしにしてな今盛りなり
（梅の花は今が盛りです。心の通った人と共にかざしにしよう。梅の花は今が盛りです）

の三、四句がそれにあたります。では、何故青柳や梅の花などを折って、かんざしやかづらにしたのでしょうか。それは青柳や梅の花の中にある生命力を飾りとして頭にかざすことによって、そのかざした人に力がうつると信じられていたからです。わかりやすく言えば、年をとっている人が花をかざせば、花の生命力が伝わって若くなる、という考えがあったわけです。このことは巻三の四二三番の長歌のなかに「もみぢ葉を折りかざさむとはふ葛のいや遠長く万世に絶へじと思ひて」（もみぢを折って頭にかざそうとしたのであろうし、いつまでもずっと永く途絶えることのないようにと思って）とあることからも伺えます。

三番目に占（ウラナイ）を見てみましょう。現代でも街路の一角に易者がいることもあるように、古代にあってもそういう占師がいて、人々を占ったといわれています。

巻一一―二五〇七番歌に、

玉桙（タマホコ）の路行占（ミチユキウラ）にうらなへば妹は逢はむとわれに告（ノ）りつる

というのがあります。意味は、

道を行く占に、占ったら、妹（現代の妹ではない。恋人の意）は私に会うだろうと占った。

というものです。この他に、夕方になると占う人のいたことが、巻一一―二五〇六番歌によって

わかります。道を歩きながら占うものがいたことは先（二五〇七）にみた通りですが、巻一二―三〇〇六番歌の

月夜(ツクヨ)よみ門(カド)に出て立ち足占(アウラ)してゆく時さへや妹に逢はざらむ

（月がよいので、門に出て足占をして、妹に会いに行っても、会えないのであろうか）

をみると、足占があったことがわかります。当時の足占については詳しいことはわかりませんが、現代でも小さい子が下駄やクツを蹴っ飛ばして天気占をするのに繋がっているのでしょうか。

三

最後に伝説の歌をみましょう。伝説の歌は長歌(チョウカ)（五七五七…七七の形式）で書かれているものが多く、巻一六をはじめ、巻五や巻九などに散在しています。今、その中から誰もが知っている「浦島太郎」のお話を取り上げてみます。これは誰もが知っているように、ある日、太郎が浜辺でいじめられている亀を助けてやったお礼に、竜宮城に案内されて、やがて乙姫様と結婚してながく幸福にすごしていたが、ふと家が恋しくなって帰ってみたところ家も知っている人もいないので、お土産にもらった箱

を開けたら白い煙りと共におじいさんになった—という筋のものです。これとは少し違いますが、万葉集に「水江浦島子(ミヅノエノウラシマノコ)をよんだ一首と短歌」として、巻九—一七四〇番歌に浦島太郎に似た歌があります。現代文で見てみます。

春の日のかすんでいる時分に住吉の岸に出ていて、釣舟の揺れているのを見ていると、昔のことが思われる。（それは）水の江の浦島の子が鰹(カツオ)や鯛(タイ)を釣って得意になって、一週間も家に戻らないで海上を漕いで行くと、海の神様の乙姫様に出会い、言葉を掛け合っている内に結婚の同意が出来た。お互いに死ぬことも年を取ることもないという常世(トコヨ)に着いて、海の神様の住んでいる宮殿の内に御殿を作り手を取り合って長い間過ごした。（ところが）とても愚かな浦島の子は、妻である乙姫様に「久らくの間、家に帰って父や母にこうなった事のいきさつを話して、（それがすんだら）すぐに戻ってきましょう」という話をした。すると、乙姫様は「この不老不死の常世にまた戻ってきて、今のように（私に）会おうとするならば、この箱を決して開けてはいけません」とし、箱を渡しました。住吉に戻ってきた浦島の子は、家のあたりを見ようとすると、家がなく、住んでいた里の方をみようとしても里もなくなっていました。不思議に思って浜で考えてみるに、家を出てから僅か三年の間に垣も家もなくなることがあるだろうか、と。（あるいは）この箱を開けてみたならば、もとのように家が現われるだろうか、と。そうしてその美しい箱を開くと、白い煙りが箱から出てきて、常世の方にたなびいたので、それを残念がって走って叫び、袖を振って転がりまわり、足をバタバタしている内に、急に気を失ってしまった。（すると急に）若かったヒフもしわくちゃになり、黒かった髪も白くなった。やがて息もたえて、浦島の子はついに死んでしまった、という水の江の浦島の子の家のあたりがみえます―

というものです。これを見ると現在の絵本やおはなしのものとは随分違っています。第一に亀のカの字も出てきません。まして亀の背に乗って竜宮に行くなんてどこにも書いてありません。ところが面白いことに、中世に出来た『御伽草子』の一つに「浦島太郎」というのがあって、これには右の点が出ています。ちなみに、竜宮の三年は人間世界では七百年以上ということが御伽草子には出ています。

右の浦島子の他に、巻一六の三七九一番歌に「竹取の翁」の歌というのがあります。しかしこれは名前だけのことで、かぐや姫で名高い「竹取物語」とは全く内容の違うものです。このように、名前は聞いて知っているが内容の違うもの、あるいは万葉集にのみ見る伝説など、万葉集にはいろいろの伝説が詠まれています。

四

万葉集全体について説明しましょう。歌数は全部で約四五〇〇首です。「約」といったのは、人によって数え方が違うからです。例えば江戸時代の鹿持雅澄という人は四四九六首とし、現在では一般に四五一六首というふうにズレがみられるからです。

作者数は正確にはわかっていませんが、大体五二〇〜三〇人といったところです。この理由は、作者のわからない歌が約三分の一もあるからです。この内、女性の作者とはっきりわかるものは一九九名です。この一九九名の内には上は天皇（例えば、持統、元明等）から下は尼までいます。

巻数は全部で二〇巻です。歌の下によく二—一四三や、五—七九三というのがあります。これは二—一四三ならば、巻二の一四三番目の歌ということで、五—七九三であれば、巻五の七九三番目の歌ということです。番号は巻（まき）一（一巻（イッカン）ということですが、一巻とはいわず巻一（マキイチ）という）からの通し番号になっています。巻一が一番古い歌で、巻二〇が最も新しい歌と思われるかもしれませんが、これは違います。同じ巻の中でも古い時代の人と新しい時代の人の歌が一緒にありますので、この点は気をつけるところです。

時代は、およそ三世紀にわたるといえましょう。五世紀後半の雄略天皇の時代から七五九年正月一日までになります。

編纂者は大伴家持という人と言われています。家持が巻一から巻二〇まで全部を一人でやったというのではなく、幾人もの人がやってきたのを最後に全体的に手を加えたのが彼（家持）と言われています。

分類は挽歌、相聞歌、雑歌の三つを基本としています。挽歌は死んだ人を悼む歌のことで、相聞歌は親子、兄弟、恋人などがお互いに消息を交わし合ったもののことで、この内、恋人同士の愛情を歌ったものが多いところから恋愛歌のことのように考えられたのですが、必ずしもそれだけではありません。雑歌は、挽歌、相聞歌以外の歌のことです。

歌体は短歌、長歌、旋頭歌、連歌、仏足石歌、それに漢詩文からなります。短歌は五七五七七の形式のものです。長歌は五七五七…五七七と七七で一首としたもの。仏足石歌は五七五七七七形式のものです。漢詩は巻一七に大伴家持のもの一首と大伴池主の一首があります。漢文は巻五に山上憶良のものがあります。

時代区分は全部で四期に分けます。第一期は壬申の乱（六七二）までをいいます。この時期の歌人は皇室関係者が多く、歴史的事件を歌っていることが特徴で、有間皇子や額田王、あるいは舒明、天智天皇などが代表的歌人といえましょう。第二期は皇室を賛(たた)える歌が柿本人麻呂によって歌われたり、高市黒人(タケチノクロヒト)によって自然の景色をうたう（これを叙景歌という）歌が作られたりした時期で、代表歌人としては先に見た「春すぎて…」の持統天皇や、人麻呂、黒人などが挙げられます。この期は先の壬申の乱から奈良遷都（七一〇）までをいいます。第三期は遷都以後天平五（七三三）年までをいいます。この期は歌の完成された時で、万葉歌の全盛時代といえましょう。黒人から受け継がれた自然歌は山部赤人によって完成されましたし、憶良は思想歌をうたい、高橋虫麿は伝説歌を好んで歌いました。お坊さんや尼さんが一番多く歌ったのもこの時期でした。家持の父親である大伴旅人(タビト)が活躍したのもこの時期です。代表歌人は右にあげた人々といえましょう。第四期は天平六年から天平宝宇三（七五九）年までをいいます。この時期の代表歌人として、まず第一に大伴家持があげられます。他に大伴坂上郎女(オオトモノサカノウエノイラツメ)や防人などが挙げられます。この期の歌は感傷的なもの、繊細(センサイ)なもの、あるいは防人歌のように素朴なものなどがあるといえましょう。

以上で、万葉集についての解説と鑑賞を終えますが、一人でも多くの人が万葉集に親しみ、愛読されることを願ってやみません。

初学の方に　万葉集入門

2　万葉に見る他殺・死刑小考
―文芸心理学の側面から―

一

飛鳥・奈良時代（五九二―七九八）に上は天皇から下は名もなき一般庶民に至る各層各人の時々折々の感情表出が約四八〇名により四五一六首の韻文により綴られたのが万葉集です。万葉集が、何故、幾時、誰により纏められ成立したものか、厳密には不明です。大伴家持の集中歌の空気からみて、又、巻二〇の最終歌の四五一六番歌が天平宝宇三年（七五九）であるところからみて、それ以降に家持が編纂に大きく関わったであろうということになっています。

固有名詞を持つ者、持たぬ者のこれ程多くの人々により感性表現がなされたのは、人類史上でも我国の万葉集以外はないといえましょう。その層の厚さと人数の多さ、そして取り上げられている対象の多さは驚くほどです。[1]

様々な対象がみられる中で、みえて然るべきかと思うものでみえないものがあります。例えば、植物の柿、鳥の雀等はみえません。そうした中で、ふと他殺・死刑について思ってみました。

死刑の主権者はいつの時代でも権力者です。権力者にとっては最大に組する安全弁の役割を持つ強い味方であります。

権力を持たぬ者にとっては復讐の性格の代弁者の意味を持つし、犯罪の抑止効果の期待に繋げる。

こうして古来、死刑は継続、存続して現代に至っています。

他方、他殺は憎悪、復讐等の個別の感情が大きく働いてきます。

こうした死刑、他殺について、万葉集を基に一瞥したくなりました。稿を起こす所以です。

二

万葉をみていると、実に様々な死刑、他殺等がみえます。

斬殺、射殺、絞殺、杖殺、強権下の自殺などであります。その対象も又、様々です。一般臣下に限らず、皇族も又その例に数えられるのであります。有間皇子や大津皇子がそれであります。

我国の歴史上、皇族の死刑は万葉にだけ見えるものです。

他殺により皇族が死に至ったり、配流等による処置等は他の文献にみえますが、死刑という形は万葉にみる事例位でありましょう。

他殺、配流ならば、例えば次の如きものがあります。

他殺といえば、戦乱の南北朝時代（一三三四―一三七八）に第九六代・後醍醐天皇の第一子・大塔宮護良（モリナガ）親王（―一三三五）が足利直義の命を受けた渕辺（フチノベ）伊賀守により落命した。その顛末は『太平記』（一三四五）の巻一二・一三に詳しい。配流は中古時代（七九四―一一九二）、即ち、平安時代において、第七五代・崇徳天皇が上皇の一一五六年に讃岐（現・徳島県）に配流されたり、鎌倉時代（一一九二―一三三三）の一二二一年八月に第八二代・後鳥羽天皇が隠岐（現・島根県）に流されたりしました。

これら他殺、配流は相方に利用されたり、力の付加をを恐れてのものではありましたが刑罰による死刑等ではありませんでした。

これに対して、飛鳥・奈良時代は、第三六代孝徳天皇の皇子・有間皇子が六五八年に絞殺、第四〇代天武天皇の皇子・大津皇子が六八六年に自刃の死刑というように、皇族間の対立軸の元での死刑執行であります。

政局中心でのこうした対立、死刑は皇族の揺籃期から完成への過程の流れの一つかと考えます。

万葉にみる、死刑、他殺について、以下順次見てみることにします。

1　斬殺

斬殺されたのは藤原四家の一人、武智麻呂の第二子・仲麻呂（七〇五―七六四）で、第四期に属する歌人で、集中に短歌二首を残しています。

歌の二首は次のものであります。

大納言藤原家にして入唐使等に餞(ウマノハナムケ)する宴(ウタゲ)の日の歌一首・即ち主人卿作れり

天雲の去(ユ)き還りなむもの故に思ひそわがする別れ悲しみ　一九―四二四二

（大空を行く雲のように、行っては又帰って来るものなのに、私は思いに沈みます。別れが悲しくて）

天平勝宝三年、即ち七五一年の作であります。

もう一首は六年後の天平宝宇元年、即ち七五九年のもので、

内裏の肆宴(トヨノアカノ)きこしめす歌

いざ子ども狂(タハ)はざな為(セ)そ天地の固(カタ)めし國ぞ大和島根は　二〇―四四八七

（さあ人々よ、たわけたことをしないでくれ。天地の神々が固めた国であるぞ。この大和の国は）

「天雲」「天地」「大和島根」と神意を含んだスケールの大きい表現で、共に四句切れで強調性が的確に表現されている点に、仲麻呂の後年の乱への一端を垣間見る思いがします。

この二首の七年後に謀叛が発覚します。即ち『続日本紀(ショクニホンギ)』(七九七年成立)の巻二五の天平宝宇八年(七六四年)九月一八日の条に詳記されています。それによれば、第四七代淳仁天皇に寵愛されている道鏡(?―七七二)を排斥しようとして挙兵したが露呈して敗走、近江国高島郡勝野鬼江で敗れ斬殺されました。五九歳でした。その折、妻子と従者三四人も斬殺されました。

この仲麻呂を初め、関係者の処刑は律令国家としての律に基づくと考えるべきか。私憤を含んだ戦場としての戦死の一つと見るか、ということになります。

律による処置とすれば、この事件は体制に対する反逆の意味となります。すると、『賊盗律・第七』の第一条に

凡謀反及大逆者皆斬

とあるのに拠ることが出来ます。又『獄令・第二九』の第五条以下八条にわたる執行に基づくと見ることも考えられます。しかし、その場合はいずれも事件が落着し、その身柄が確保され、犯罪が確認された結果、発生するという前提が求められます。その点、この件は時間的側面からみて、どうも無理であり、戦場での処置とみる方が穏当かと考えられるので、その点について少しく触れてみます。

戦場での流れと見るならば、幾つかの合点のゆく理由が考えられます。

その一つは高貴者に対する憧憬の裏返しの私情、私憤を含んだ刑とみられることであります。

権勢を誇る藤原四家、その権勢が失われ、頼りとする孝徳女帝の信頼が道鏡に移り、反仲麻呂派が力をつければつける程、仲麻呂に対する憎悪は増して勢いづいてゆく。権勢に携わる者ならば、相手方の政策が自分等と異なり、これを施行することに対する反感、反発は強いであろう。それは仲麻呂の過去における昇位、昇進等にもつながってゆく。そうした一連のことは、垂涎しても得られないと考えるものもあるであろう。その者が今、掌中にあるとすれば、その者達の心理はどうであろうか。その高貴の者を今、処断出来ることは、今、この瞬間においてその者を超えたことになる。その優位性は幾重にも交叉した上の昂り、それが秘められているかと思うのであります。

こうした感性は現代において、社会生活を営んでいる者にも通じる感情かと考えるが如何なものでしょうか。

その二つ目は宗教的恐怖心に関わることであります。

当事者一人を斬殺すれば、その恨み、憎しみ等の憎悪は身内の親族を通して相手方に向けられることでしょう。後世にみる祈祷による呪いの類にも当てはまるでしょう。それを遮断するにはそれをさせないための親族の処断であります。まして親族の中に女性がいれば、その者を通して次世代へとその恨み、憎悪は継承されてゆくことになります。それを断ち切るためには連座制が背景として考えられることです。ここにみる一連の処刑がそれであります。まして、その処刑が律令下となれば、その呪根は為政者に向けられます。それが戦場という場であれば、為政者側にとっての心情は軽減にもつながってゆくことになります。こうした、目にみえないものに対する除去の心理がここにはあるとみるのです。

その三は、斬殺した者の心理です。

高名の者を処断することは、その行為が仮令、私刑でない公的場での公的行為であり、記録にその名を留めないにせよ、まさに大将の首を切ることは、誉れに近い武運につながることであります。卑俗の表現をするならば、家や親近者に対する自慢の語り草が出来ることであり、なんらかの褒賞の可能性も含まれることであります。

その四は、方便が用意されていることであります。

仮に仲麻呂を処断後、形勢が逆転したとしても、直接、律令に基づく処置でなく、現場での独自、独断性が働いた結果である、という方便が成り立つことであります。換言するならば、当事者の知らないところでの処断という見方も出来るし、逆に処断した者を処断することも出来るという安全弁の手法がここには隠されていると見ることが出来ることであります。

このように見てくると、仲麻呂斬首の事件は形こそ違うにせよ、現代社会の権力機能に脈連する性格が秘められているように感ずるが、如何なものでありましょうか。

2　射殺

射殺されたのは藤原久須麻呂（？―七六四）で、斬殺された仲麻呂の第二子であります。父・仲麻呂の謀叛に坐して落命しました。

久須麻呂は万葉第四期の歌人で、集中に二首残しています。家持との贈答歌で見られるもので、次の如きものであります。

　藤原朝臣久須麿の来り報（コタ）ふる歌二首

奥山の磐（イハ）かげに生（オ）ふる菅（スガ）の根（ネ）のねもころわれも相思（アヒオモ）はざれや　四―七九一

（奥山の磐かげに生えている菅の根のように、細かく心を用いて私もお嬢さんにつくします）

春雨を待（マ）つとにしあらしわが屋戸（ヤド）の若木（ワカキ）の梅もいまだ含（フフ）めり　四―七九二

（春雨を待つということであるらしい。わが家の若木の梅も、まだつぼみのまま花を開かずにいます）

右がそれであります。

仲麻呂の謀叛に坐して、天平宝字八年（七六四）九月一一日に淳仁天皇の遣した坂上苅田麻呂と牡鹿嶋足が天皇の駅鈴と内印を奪い取った久須麻呂を追撃し射殺した、というものであります。

それにしても、何故こうした謀叛に組して自滅の途を辿ってしまったのでしょうか。

親の行為に組しただけというならば、生年は未詳だが、美濃守（現・岐阜）や丹波守（京都・兵庫）、そして参議職（四位以上の有能者が任ぜられた）に就く程のことを考えれば、分別に対し充分の見識の年齢であろうから、親の行為を思い止まらせることは出来るでありましょう。場合によっては逆に第三者的立場に立つ方が、その謀叛が失敗や発覚等の折には防波堤にもなりましょうし、一族のよりよい生き方にも繋がる可能性もあるでしょう。（無論、近現代と違ってその結果が失敗ならば、先の仲麻呂の妻子、従者等のように連座がさけて通れないならば、久須麻呂の行為は首肯されてくるが）それをしない、又は出来なかったとすれば、それはどういう理由からでしょうか。すると、幾つか考えられることです。

その一つは、道鏡を初め他の氏族との対抗意識が強烈に働いた結果ということでありましょうか。

これは現代社会にも通ずる対抗意識が権力と結び権力闘争になることです。それに打ち克てば、自己側の一族、一派の生命、経済は安定しますが、そうでなければ、それらは脅かされます。こうした状況を考えた上での組み方であったのでありましょうか。

第二は、天皇の信任が厚く寵愛されている面から派生するプラスの面が逆になることの危機感が強く働いたからでありましょうか。

第三は、当時の社会的環境、空気からの作用でしょうか。

現代の家庭は核家族化が進んでいますが、当時にあっては遙かに大家族制であったと考えられています。その上、上流社会は上流人として、下流や中流社会にない独自の文化や価値観、習慣等がありますそうした階層社会としての文化的諸価値感から親に組するのが抵抗感なしに受容されたからでしょうか。

第四は、久須麻呂が第二子という続柄であることからの問題であります。

心理学的にみるならば、第一子は長子として育成されます。それを第二子として身近に見ながら、自己形成の糧として大きく影響を受けます。兄弟・姉妹等が多ければ多いほど、自然体の中で影響は蓄えられてゆきます。その結果、現代社会の視点から身近な表現でするならば、要領のよい性格が特徴の一つと見られがちになるでしょう。当時の階層内、家庭内でも、これに類した発想があった上での結果ではないか、ということです。それが遇々、戦場で結果をみる前に射殺の破目になったので、彼の目論見が読み取れないだけではないか、と思うのであります。

これら以外でも、何故、親に組したかの理由は考えられるでしょう。

稿者はこれらの内の一つを意識した上での組したとは考えていません。考えられる理由が挙げられれば、挙げられるだけのものが複合的に絡み合って一つの行動要因に結実されたとみるのです。

では、こうした行動原因があっての行動だとすれば、何をもって久須麻呂が動いたのでしょうか。動く理由は確かに右のように幾つかあります。しかし、動かない方法もあろうかと思います。然るに行動を起こしてしまう。何故でしょうか。

結論を先にするならば、人間性の欠落ではないか、と思うのです。

謀叛に組する段で、成功した時の結果と失敗した時の結果を考えるべきでしょう。まして、失敗した時の連座制、それによって家族のうける処置、まして最愛なる妻や子供まで死の恐怖のもとでの処断される姿を考えるべきでしょう。それを考えないところに、人間性の欠落を見るのであります。この点からするならば、政治的権力闘争で悲劇を生む人物よりは、妻や子供を泣かすやくざに家族は要らないという任侠の徒の方が人間的であり、人間性の欠落が小さいのではないかと考えるが如何なものでしょうか（閑話休題）。

謀叛に組して勝利を得たとすれば、権力や権威が自ずと附加します。自己と同位又は上位の者との関係が優位に発生します。それは自己を大きく見せ、自己充足を満たす。ここまで記してふと、ある偉方との雑談を思い出しました。稿者が権力や権威に対して否定的な発言をした時、その方が笑みしながら「権力や権威、権限を持ったことがないでしょう。権のつく言葉は一種の魔法のようなもので、男の究極のロマンですよ」といわれたことを。

自己の置かれた立場を総合的に考慮（こうした大事の折に、人はしばしば負荷の面を小さく評価してしまうことが多い）し、そのマイナスの面を考えてもやり遂げたい。それはその先に自己の拡げた立場が約束されていると見るからであります。究極的には自己という個人利己主義に基づく満足、充足が期待されると考えます。そのためには負荷になるすべてを排斥してもやむなしということに辿りついてしまう。

このように見ることが出来るとすれば、久須麻呂を通しての、人の性格（サガ）のなんて虚しいことかと考えてしまうのは稿者の独りよがりでありましょうか。

3　杖殺

集中で杖殺になったものは大伴宿禰胡麻呂（？―七五七）です。時代区分で見るならば、第四期の人物であります。

胡麻呂は何故か集中に歌を残していない。あえて作歌を良しとしなかったものか、その間の事情は不明であります。左注に二ヶ所見えます。

以前に天平二年庚午夏六月、帥大伴卿、忽に瘡を脚に生して、沈席に疾苦みき。これによりて駅を馳せて上奏し、望はくは、庶弟稲公、姪胡麻呂に、遺言を語らむとすといへば、右兵庫助大伴宿禰稲公、治部少丞大伴宿禰胡麻呂の両人に勅して、駅を給いて発遣し、卿の病を省しむ。しかして数旬を渡りて、幸に平復することを得たり。（以下略）

（これより前、天平二年六月に、大宰帥大伴旅人卿はたまたま足にできものが出来て、病床で苦しんだ。そこで駅使を走らせて朝廷に奏上し、庶弟の稲公と甥の胡麻呂に遺言をしたいと願った。すると右兵庫助大伴稲公と治部少丞大伴胡麻呂の二人に勅命を下し、駅馬を賜わって出発させ、旅人卿の看病をさせられた。そして数十日経って、幸いにもすっかり治った）

というもので、巻四―五六七番に見えます。二ヶ所目は、巻一九―四二六二番歌のところのものです。

閏三月、衛門督大伴古慈悲宿禰の家にして、入唐副使同じ胡麻呂を宿禰等に餞する歌二首

（四二六二番歌あり）

右の一首は多治比真人鷹主、副使大伴胡麻呂宿禰を奏けり

右がそれです。これらに依って、胡麻呂が旅人の甥であり、治部少丞の地位で入唐副使の大役を担っていたのを知ることができます。その胡麻呂は七三三（天平五）年、僧・鑑真を伴なって帰国、天平宝宇元年（七五七）六月に陸奥鎮守将軍、更に陸奥按察使になりました。しかしその翌月（七五七年七月）に橘奈良麻呂の乱が生じました。帝を廃位し、新たに四王（塩焼、道祖、安宿、黄文）の中から選んで帝位につけようと企てたが発覚し、捕縛され、拷問を受ける身となりました。その乱の推移は『続日本紀』巻二〇に詳しく出ています。事件が発覚したのに、皇太后の寛大な配慮で一度は不問でありましたが、再度の乱の進行で捕縛、拷問を受ける身となり、杖下で死にました。令の極令をみると、その六三条には杖の太さや長さ等についての規定は定められています。しかしそれは杖刑を執行する時の規定であって、その前の段階での調査や尋問等では自白を引き出す手段として種々の方法が考察されたことでしょう。その上、尋問にあたる者としては、「組織」下での行為であってみれば、何の気遣いも躊躇いもなく安心して拷問を行うことが出来ます。個人がすれば反転、復讐、報復等を懸念することもあろうが、公的組織での場合にはそれがありません。さらに、拷問の相手が一生かけてもなし得ぬ財力や権力、名声の持主であれば嫉妬の心理が作用します。嫉妬心はその対象者に向けられるが、同時に組織内のそれもある。同輩や上司等に対して持つ嫉妬心、それは不満と置き換えてもよいかと思いますが、そうしたものを含んだ嫉妬心が、拷問の相手に向けられる。組織の下での嫉妬心、それに個人の持つ心理等が加味されて拷問という行為が形成されてゆく。そして胡麻呂は杖下で死んでいきました。

4　絞首刑

集中に於ける絞首刑といえば誰しも有間皇子（六三九―六五八）を想い起こすことでありましょう。皇子は第三六代孝徳天皇（五九六―六五四）を父にもち、中大兄、大海皇子等とは従兄弟の関係にあたります。

集中には巻二の「挽（イタ）歌」の初頭に、

有間皇子、自ら傷みて松が枝を結ぶ歌二首

磐代（イハシロ）の濱松（ハママツ）が枝（エ）を引（ヒ）き結（ムス）び真幸（マサキ）くあらばまた還（カヘ）り見（ミ）む　二―一四一

（磐代の浜松の枝を今引き結んで幸を祈るのだが、もし命があった時には再び帰ってこれを見よう）

家にあれば笥（ケ）に盛（モ）る飯（イヒ）を草枕旅にしあれば椎（シヒ）の葉に盛る　二―一四二

（家にいると笥に盛る飯を、こうして心にまかせぬ旅にいるので、椎の葉に盛って食べることだ）

とあるものです。皇子についての史料は『日本書紀』巻二六の斉明三年九月の条から四年一一月にかけての記載がすべてです。

書紀によれば、蘇我赤兄の言に一八歳の皇子が同調して捕縛され、一九歳にして磐代の藤白の坂で絞首刑に処されるのでした。何故謀反を企てたのかという尋問に対して、皇子は「天と赤兄と知らむ。吾全ら解らず」（天と赤兄とが知っている。吾は全く解せない）と答えています。

有間皇子のこの見せしめの処刑を考えるには、六四五年の大化改新前後からの皇室、皇族の権力闘争を見る必要があろうかと思います。

周知のように、皇子の父は第三六代孝徳天皇であり、母は小足媛であります。

他方、中大兄（天智天皇）は第三五代皇極女帝と第三四代舒明天皇を父とするものです。孝徳天皇と皇極天皇は茅淳王の子供です。従って有間と中大兄は従兄弟の関係に立つのです。

皇子の父・孝徳と中大兄は政治上の方策で食い違いが目立つようになってゆきます。例えば難波宮に遷都して程なく、大和に遷都しようと中大兄は孝徳に申し入れましたが、受け入れられませんでした。こうした見解の違いが二人の間には目立つようになってゆきます。やがて六五四年に孝徳は死去します。次第に実権を増してゆく中大兄はこの時二七歳、有間一五歳でした。有間がいずれ加齢してゆく時のことを考えると、危険な芽は早く摘み取らねばならない。口実をつくり、摘むための方法として赤兄が利用されたのが右の事件でありましょう。このことは、中大兄がその政治理念に如何に強い信念、理想を持っていたかということでもありましょう。小事を成すには左程の労力は要らないが国を動かし、国を自己の理念の基で成してゆこうとするならば、相当の覚悟、信念、忍耐等を持たねばなりません。対立すべき力となろうと思うものがあれば潰しておかねばならないそれが仮令、親近者であろうがなかろうが。いや逆に親近者を潰すならば、それだけ自己の理念を成す信念の強さを示すことになります。又、親近者に対してはしばしば、情感、念が加味されてきます。それさえ排除しようとするならば、尚更、彼の信念の強さを示すことになります。

中大兄、後の天智天皇の施策の姿勢の強さをこの有間の事件にみることが出来ると考えるのでありますが、如何なものでしょうか。

5　自殺（自刃）

自殺は無論、自分の意志で生を断つことでありますが、外的な力により追い込まれ、それを拒めば他殺されてしまうまでに強要されてのものがあります。万葉集では大津皇子（六六三―六八六）や長屋王（?―七二九）がそれです。ここでは大津皇子を一瞥してみます。

大津皇子は大田皇女（生没未詳）の子であり、大伯皇女（六六一―七〇二）の弟です。母の大田皇女の妹が持統天皇（六四五―七〇二）であり、その子・草壁皇子（六六二―六八九）とは従兄弟になります。

大津についての史料は日本書紀（巻二九・巻三〇）と万葉集、懐風藻の三点だけです。

書紀や懐風藻によれば、大津は聡明にして人心を魅きつける者と見られます。その大津が緻密、綿密な企てもせず、少々唐突と思われる行動によって、謀反の陰謀が露見し、数日にして処断された事件が大津皇子の乱です。その流れは、

九月九日　天武天皇崩御
　二四日　皇太子草壁皇子に謀反した
一〇月二日　大津の謀反が発覚、逮捕
　三日　舎（イエ）で賜死
二九日　二人を流刑にし、連座した者金久を放免、赦す

というものです。まことに手際のよい処置で、令の精神はいづこに、といった思いがします。

これを律と令の二面で見るならば、律の名例の第一の6―八虐の謀反、大逆罪であった場合、令の第二九・獄令の5・6等の行刑日等の面からは不自然です。

恐らくは諸家で言い古しているように、ライバル抹殺の芝居にしかすぎないと考えます。又、常識的に考えて、大逆罪という言葉を用いるならば、臣下が皇族に対してのものであって、皇族間の闘争は皇族内部の私的性格と思うが如何でしょうか。それにしても発覚から処刑までがあまりにも早い。何故でしょうか。

父・天武が崩御した時の皇太子は叔母（持統）の子の草壁でした。大津が六六三年生まれで、草壁は一つ上の六六二年の生まれです。大津が聡明で人心を魅きつけるに対して、その対極的人物と史料はふれています。となれば、皇位継承問題を考えると、先ず真っ先に排除しなければならない存在が大津でありました。その意を汲んで動いたのが川島皇子（六五七―六九一）をはじめ臣下の者であったといえましょう。川島の密告で大津は捕縛、自家での自刃となりました。

大津は処断、二上山に埋葬され、姉の大伯は斎宮から二上山の麓に移されました。

皇女の悲嘆、嘆きは集中巻二にみえます。大伯の歌は全部で六首。巻二の一〇五、一〇六、一六三、一六四、一六五、一六六番歌がそれです。その内の一首を左に取り上げます。

大津皇子の屍（カバネ）を葛城（カヅラキ）の二上山（フタカミヤマ）に移し葬（ハブ）る時、大来皇女の哀しび傷む御作歌二首

うつそみの人にあるわれや明日よりは二上山を弟世（イロセ）とわが見む　二—一六五

（この世の人である私は、明日からはこの二上山を弟と思って眺めよう）

強敵を消すとなれば、それが仮令、肉親、縁者であれ、温情は無用であります。むしろこうしたものを倒すことによって、問題に対しての強い意志、姿勢を第三者に示すことが出来ます。

考えてみると、こうした親縁者の無情ともいえる処置は有間皇子の折にも見ることが出来ました。そしてふと思うことは、有間皇子の折の蘇我赤兄、大津皇子の時の川島皇子等のように、必ず陰からの力が作用することであります。何故こうした力が生じるかとなると、一つに、皇女、皇妃を中心とした女性の出自の氏族が史料面には顔を出さないが、権力争奪に大きな役割を果たしているのではなかろうかということです。天智天皇には一一名、天武天皇には一〇名の皇女・皇妃があり、中には二人の天皇との関わりを持つ者がいます。こうした者が権力闘争に関わりを持ち、事が成就すれば、必ず何らかの見返りは生ずるでありましょう。主体者、例えば天智、持統等は表面に立たずして結果を得ることが出来ます。まさに一挙両得の感があります。

犠牲とも思われる大津の辞世の歌があります。

大津皇子（オホツノミコ）、被死（ミマカ）らしめらゆる時、磐余（イハレ）の池の陂（ツツミ）にして涕（ナミダ）を流して作りましし御歌

ももづたふ磐余（イハレ）の池に鳴く鴨（カモ）を今日（ケフ）のみ見てや雲隠（クモガク）りなむ

（大津皇子が処刑される時に、磐余の池の堤で涙を流してお作りになった歌
磐余の池に鳴いている鴨を今日を限りに見て、私は死んで行くことであろうか）

右がそれです。この歌、歌中に自分の死を「雲隠り」と皇位の高い人の死を傷んで用いる敬語があることにより、皇子の周辺の人が事の成り行きを知って代作したのではないかといわれています。

3　結論

結論に入るとしましょう。

此稿で万葉の他殺、死刑にふれてきましたが、無論、そのまま上代社会での刑死や他殺のすべてを示しているものではありません。

上代社会においても、他の時代と同様に、夜盗、群盗をはじめ、種々雑多の人間により、様々な犯罪があります。だが、万葉集にはそうした人物は登場しません。

万葉集には天皇から東国農民、遊行女婦等、実に様々な階層の人々が出てきますが、それはあくまでも「歌」を通してのものです。

上代社会にあっても、捕亡令、獄令等の令がありますʼ。その文意をみれば他の時代、社会と様相は同じです。唯、万葉集には他の時代には見えない他殺刑があります。それは右に見てきたように、皇族の死刑であります。

中古、平安時代以降になると、争乱に関わったとして、八一〇年の藤原薬子の乱により、平城上皇（七七三―八二四）は剃髪、一一七九年には平清盛（一一一八―一一八一）により後白河法皇（一一二七―一一九二）が鳥羽殿に幽閉等や流刑等で皇族の名が見えることはあります。あるいは先の1でふれたように、護良親王の如き落命の例はありますが、刑罪としての刑死の類は見当たりません。

こうした皇族の醜聞の如き事変は皇室の揺籃期から安定への過程を物語るものといえましょう。その中で奇くも一般人のもつ感性をみることが出来る点に、安堵の笑みを感ずるのは一人稿者のみのことでしょうか。

3　防人歌と現代社会

○

防人歌と現代社会―それは古代と現代・あるいは一見何の連絡もない二つのものを、並列の助詞「と」でつなぎとめてあるものにすぎない、というのが多分一般的な印象であろうかと思います。

防人といえば、遠い過去の事象であって、平安な現代社会には無用のもので、関係のないものとして一般には理解されていることでしょう。それ故に、これに歌がついて防人歌としても、やはり同様のことがいえるでしょう。

防人歌を現代の自衛隊に準えるならば、防人は現代社会の一員なり得るものであろうが、それは無理なことであって、両者の間にはあまりに隔たりがありすぎ、性格も社会における位置付けも、すべてが対象にはならない要素にみちています。

因みに一例を示すならば、古代における防人は関東地方を中心とした東国の庶民が朝廷の命により北九州方面に派遣されたものです。任期は正味三年、摂津（大阪）までの往路の費用、摂津からの復路の費用、それらはいずれも自前です。希望者でも任意によるものでもなく、国家の命令によるものでした。

こうした点から、現在の自衛隊をみれば、その相違はより明白になろうというものです。

このように、最も関係のありそうな自衛隊でさえ、関係が薄いとすれば、まして防人と現代社会との関係は全くないのか、という問題にすすんできます。その点を確かめる一里塚として、防人又は防人歌というものが現代社会にあって、どのように用いられているものかということを先ず見ておくことにします。そうした中で全くないとすればないで、逆にあるとすればあるで、それがどのようなところでどのような意味、形で用いられているものか、ということが問題としてあがってくることになります。

○

防人歌と現代社会との係わり、というと先ずおもいおこされるのが文芸、殊に韻文との係わりということになります。

ところが、現代の韻文を遺漏なく目を通すことは不可能だし、それだけの意味があるとも思えないので、ここでは極く僅かななかでのものにすぎません。

仮に新聞を見たとします。新聞といえば全国紙をはじめ地方紙など、相当多数のものがあり、それらがいずれも俳・歌壇を設けています。これら全部に目を通すことは時間的に難しいのが実情です。その上、業界紙や宗教等の新聞があり、それら全部を含めて通覧することは不可能であります。従って、ある特定の新聞で集中的にみておくのも一つの方法であろう、そう思い、ここでは毎日新聞を取上げてみることにします。

防人の妻がこころぞ偲ばるる多摩の横山夕映ゆる時　　東京　中沢秀雄

が目にとまりました。昭和五三年三月一一日（土）号のもので、高安国世選です。

これは、武蔵国防人、上丁椋椅部荒虫の妻、宇遅部黒女の、

赤駒を山野に放（ハカ）し捕りかにて多摩の横山歩（カシ）ゆかやらむ　　20―四四一七

を踏まえたもの。

次に俳壇をみるに、昭和五〇年二月九日（日）号に、

防人の恋の歌あり若葉つむ　　北九州　村田千枝子

が目にとまりました。水原秋桜子選のものです。

これは、

筑波嶺のさ百合の花の夜床にも愛しけ妹ぞ昼もかなしけ　20―四三六九

をはじめ、防人歌に多くみられる防人の恋を想起してのものでしょう。

右は毎日新聞の昭和五〇年一月一日より昭和五四年一二月三一日までの五年間に亘ったものであります。

次に雑誌ではありますが、これも大小様ざまの雑誌から同人誌まで、その数は相当なものでしょう。

ここでは寄贈された短歌雑誌のものを一つ、紹介するにとどめます。

それは、中部短歌会刊の『短歌』五六巻九号、昭和五三年九月号のもので、名古屋の柴田義勝氏が「防人」と題して五首詠われています。その内の一首を取上げるならば、

唐衣すそにとりつき泣きしといふ子らを思へり防人哀話

というもの。

これは巻二〇―四四〇一番歌で信濃国防人・他田舎人大島の、

韓衣裾に取りつき泣く子らを置きてぞ来ぬや母なしにして

を踏まえたものであります。

この歌にせよ、また先の歌や俳句にせよ、現代の韻文として防人歌との係わりを見ると、防人歌を踏まえて、本歌取り的に詠出するか、あるいは防人の心情を汲んで詠出するかの二つになるようです。

第三に単行本ですが、これには分野によって扱い方に差異があって、変化に富んでいる点が注目されます。

漫画本での防人歌をみるに、防人についてのものとしての幾つか見ることができます。例えば、田中友幸著『流星人間ゾーン』第一巻（昭和四八年八月、秋田書店）政岡としや著『防人ぽぱい』が昭和五三年二月に第一巻が、ついで同五月に第二巻が双葉社のアクションコミックの一冊として出たことがあります。

これらは右に一言したように、防人の歌との関わりでなく、防人という言葉との係わりにおいて用いられたものです。

単行本をはじめ、現代文学と防人または防人歌についてはかつて見たことがあるので[1]、今はそこでの重複をさけて、その後に目にとまったものについてふれているわけで、次のものも、そうした中での一つです。即ち、C・ダールトン、K・H・シェール共著の『精神寄生人の陰謀』（昭和五〇年四月、早川書房）に〝防人〟の語が用いられています。

これは松谷健二氏の訳著でありますが、原文がどういう意味の語で使用されているのか不明であるため、それ以上今は言及し得ませんが、英語の万葉集訳では防人にFrontier Guard（国境警備）の語をしばし充てているので、あるいはこれもそれに近いものではないかと思います。

国内のものでは、さだまさし著『さだまさし時のほとりで』（昭和五五年七月、新潮社）に「防人の詩」があります。

これは詩題に防人の二字を用いていますが、詩中に防人の語は一つも見えません。この本は著者がいうように、反戦歌の性格を持ちますが、他面、万葉集との係わりの見える点では興味のある本であります。例えば「防人の詩」の中三度使われている、

海は死にますか　山は死にますか

は、巻十六―三八五二番歌の作者未詳の、

鯨魚取り海や死にする山や死にする死ぬれこそ海は潮干て山は枯れすれ

海は死ぬだろうか、山は死ぬだろうか、（海・山は）死ぬからこそ海は潮が干るし、山は枯れもするものだ

という、その部分にこれを見ることができます。

今ではもう見られなくなりましたが、紙芝居に長谷川伸作の「南海の防人」というのがあります。これは昭和一九年七月、東亜国策劇報告社刊のもので、南海の海上防衛を取上げたもの。題名に防人

とはあるが、古代の防人とは無関係のものであります。

これらで見るように、文学書やそれに類するもので防人の扱いは、その名称の使用のみで、実際の防人とは係わりの薄いものです。

最近は一寸変わった面での防人として、さだまさし作詞・作曲で昭和五五年頃にワーナーパイオニアから「防人のうた」のレコードが発売されたことがあります。

これは先の防人の歌に曲をつけて作詞家自身が歌ったものであります。

文芸面を中心に防人並びに防人歌と現代の係わりをみると、大体右のようになります。

次に「歌碑」を通してみてみます。

現代に「防人歌」の歌碑がどの位あり、それがどういう状況のものか、次に見てゆくことにします。

文芸、殊に歌に対する国民感情特有のものをもつ我国は、文学碑でも殊に歌に関するものは古く、かつ多量に見られる特徴があります。それは小説に較べて、その比ではないといわれます。

今、万葉集の特集記事で、万葉碑を見ますと[2]、昭和五一年一月現在で二一六碑の多きを数えます。

その内、防人歌碑は、

千葉・東京・長野の一都二県が一碑

茨城が三碑

埼玉・静岡が各四碑の計一都五県にわたり一四碑を見ます。

これら一四碑の歌番号と所在地を見ると、次の通りです。

千葉　四三五〇番歌（市川市）
東京　四四一七番歌（八王子市）
長野　四四〇二番歌（植科郡）
茨城　四三六四番歌（行方郡）
　　　四三六七番歌（行方郡）
　　　四三六八番歌（常陸太田市）
埼玉　四四一三番歌（児玉郡）
　　　四四一四番歌（秩父郡）
　　　四四二三番歌（児玉郡）
　　　四四二四番歌（児玉郡）
静岡　四三二三番歌（袋井市）
　　　四三二四番歌（袋井市）

四四三七番歌（清水市）

四三四六番歌（清水市）

右がそれです。

これらを通覧するに、一つの傾向が見えます。それは、四四一四番歌が「大君の命畏み…」と詠いあげても、その結句が「島伝ひ行く」とあって、愛しき妻を手離れ行く心中を呈出するのに代表されるように、いずれも相聞歌の性格のものだけであって、忠君愛国歌の代表とされる、

今日よりは顧みなくて大君の醜の御楯と出で立つ吾は　20―四三七三

の如きものが一つもないことです。

右の歌碑の歌はいずれも親子、夫婦離別の情の詠出されたもので、それが、あるものは中学校の校庭、又あるものは山頂といった具合に場所に限定されることなく建立されています。

これらの防人歌碑は、古いものでは近世時代からあり、新しいものでは最近の昭和五〇年代初めのものまでありますが、右で見たように、いずれも離別の哀感を詠いあげたものばかりで、そこにこれらを建立した人々の防人歌に対する共通した受容の姿を見るのであり、防人歌の特徴の一つのあらわれをみます。

このように、歌碑を通してその心情を踏まえて防人歌は我々の生活圏に根を下しているといっても過言ではなかろう、と思うのです。

○

ここでは、防人と芸能の関係についてみてゆくことにします。

それは、毎年三月九日に茨城県鹿島郡鹿島町の鹿島神社で行われる春祭の一つである「鹿島祭頭祭」です。

西角井正慶編の『年中行事辞典』（昭和33年5月・東京堂）の解説によれば、

鹿島立ちの祭で、奈良朝時代防人が出征に当たって当社に参拝して出立したさまを模したもの[3]という。

この祭事が具体的にどういうものであるかについて、右の書が詳しいので、少しく長いが引用してみます。

（前略）大将として七～八歳の児童を左右各一人出し、これに甲冑を着せ、両刀を帯び、采配を持せ、青年の肩車にのせて、旗、吹貫を先頭に、村長、祭事係、警護の者などが従い、左右両組相次いで社頭にいたり、祭事を行い、神酒をいただく。これが終ると、左右両将は各々旅舎に帰り、当番の大字、助祭の組合大字の村民は勢ぞろいの場所に集合する。各隊毎に警護の人夫を配置し、大軍配または旗じるし、吹貫、纏を押立て、隊員は異様の半纏を着、脚絆・草鞋に、はでな襷を十字にかけ、鉢巻をし、八尺ほどの樫棒を手に手に持ち、太鼓・法螺の音も勇ましく集合する。その数各一〇〇〇名に達するという。勢揃が終ると、隊伍をととのえ、受持神職の家に行き、神職の先導で参宮する。大将が昇殿して神盃をいただく時、囃し方は踊りつつ旗や纏を打振り、棒を組合せ、「祭頭エ、ヤヤハ、鹿島の豊竹、豊穂エーエー、豊穂ササァラ」「やい、とほよをほさ、ああやれそら、おしやらく目の毒」などと囃しつつ神殿を一周し、境外に出て各町を廻り、時々街上で棒を組合せ、纏、吹貫を振り、これを投げて受取るなどの芸能を行う。また、両軍が路上で行違う時、大いに戦った。(下略)

右がそれであります。

いうまでもなく出征の無事帰還を祈願してのものです。

この祭事は近年報道機関に取上げられ、テレビで放映されたり、観光案内書などで紹介されたりしています。

芸能関係で防人に関するものが他にあるものかどうか、稿者は知りません。あるいは、防人を出した東国地方やその周辺に、防人発遣の路次の国々に芸能としてあるのかも知れません。仮にあるとすれば、是非ご一報願いたく、読者諸賢にお願いする次第です。

このように書いてくると、年中行事事典の類を見れば、分ることではないか、という疑問が生ずるでありましょうから、ここで一言芸能についてふれておくことにします。

確かに、辞典や事典の類、あるいは郷土資料をみれば芸能の一端について知ることができます。だが実際問題として、芸能の興亡は著しい。一つの芸能が消滅する反面、観光目当ての芸能が興ります。その地の名所に城が再興されれば、それに合せた踊りや芸能が生じ、商店街で客引きに祭事が利用されます。

芸能は元来、その土地において風土の中から自然発生的に生ずるものですが、昨今の芸能はどうもそうでない面が大きいようです。時には大都会の著名な作詞家や作曲家に依頼したり、振付けを専門家により指導したり、ということが行われています。それだけに郷土芸能といっても真に郷土色に彩られたものではなく、都会的センスで現代的なのです。

以前はよく、地方での踊りなどは地方色があって、なかなか覚えられなかったものですが、この頃のはそれがないといわれます。その意味では郷土芸能というより国民的芸能ともいうもので、都会風芸能の地方版的色彩という性格のもののようです。

こうした性格の祭りが毎年一つや二つ誕生しています。過疎の村で若者がもどるとか、若者の定着をはかって復活という形でのものがその例です。逆の現象から永年続いた伝統芸能が消滅してゆくこともあります。

奇抜なものや人目をひくような祭りが生ずることもあります。「第一回〇〇祭」の類のもので、コンテスト祭りと陰口されるものがそれです。

こうした昨今の芸能の風潮を考えると、あるいはどこかで防人の祭りが作られないこともあるまい、そんなおもいがしてきます。先に一言したのは、こうした状況を顧みてのことです。

芸能と防人についてはこの位にして、報道の面での防人又は防人歌の扱いについて見てゆくことにします。

〇

報道面における防人の語の使用は、近年とみに見られるようになりました。

それは大きく新聞と電波によるラジオやテレビに分けられますが、いずれにおいてもしばしば使用されているようです。

先ずこれらの内、新聞から見ることにしよう。その一つ。

九州は遠過ぎる、と江川クン。このアズマ男に防人（さきもり）の心意気はないそうで。

これは毎日新聞の昭和五二年一二月五日（月）号のもの。

当時、法政大学の学生であった江川卓投手がドラフト会議で、クラウンに第一位指名を受けたが、一二月三日（土）、九州（クラウンの本拠地）は遠すぎるといって拒否したことに対しての記事です。

第二は、同じく毎日新聞の記事で、昭和五二年一二月二五日（日）号のもので、「捕鯨銃はずし補助巡視船に」と題した記事で、

鯨とりの男たちと捕鯨用キャッチャーボートが来春から海の国境の〝防人〟に転進する（以下略）

とあるもので、国境警備＝防人とみてのもの。

第三は、自衛隊幹部のスパイ事件に関して朝日新聞の「声」欄に見えたもので、

…国を守る防人（さきもり）たるべき自衛隊の幹部が、国を売るような世の中なのだ、と人々は思う（以下略）

というのが、昭和五五年二月二〇日（水）号にありました。

第四は、スポーツ関係のもので、例えば毎日新聞の昭和五五年一〇月二八日（火）号に、

広島、欲しい〝防人〟役
投手陣の立て直しが急務

という二段構えの記事が目にとまりました。

これは近鉄対広島の日本シリーズの第三戦を前にしてのものであった（因みに、この年は広島が日本選手権優勝でありました）。

これら四例を見るに、第一例は、唯単に防人の二字を用いたのみで、内容から見て他の語に置き換えた方が、むしろ自然と思われるのに対して、第二例以下は〝守る〟という意味での使用であって、防人の本義に近いものであることに気付きましょう。

このように、右の四例を見ていると、実質的意味を用いたものと、単なる譬喩的という二面に亘って取扱われていることです。

次に電波によるもので、これにはテレビとラジオがありますが、ラジオは注意してきかないので、その例を知りません。従って、ここではテレビについてみてみます。

テレビではNHKの歴史や紀行を扱う中で時折り見えますが、それ以外では耳にしたことがありません。他方、民放でも防人を扱うことはめったにありません。そうした中で興味のあったことは日本テレビの「笑点」において、昭和四八年七月八日（日）にとりあげたことです。

場所を東京から福岡局に移してのもので、「防人」と題して、武人の格好をして笑点流に一言というものでした。

近くではテレビ埼玉が番組名に「防人歌」として、昭和五七年八月二日（月）に三〇分にわたり放映したのが目にとまったことがありました。

これら新聞やテレビ等を通して見ていると、右のように、折々取上げられていますが、幸いなことにこれが社会の緊張や緊迫感と結びついていないことです。そうした中で一抹の不安というか懸念されることは、以前に較べて心持ち多く用いられているように感ずることです。

○

以上、韻文から始まり、芸能、テレビに至る諸点について、それらが防人又は防人歌とどのように係わりあって現代社会の中にあるのか、という点を考察してみました。考察したとはいえ、まだ見落としている面の少なくないことも事実です。たとえば、雑誌類で『丸』（興伸社）や『軍事研究』（軍事研究社）などで、どのように防人や防人歌をみているのかは調査しておりませんし、自衛隊関係の新聞、たとえば『朝雲』や『海上自衛隊新聞』などもみていません。これらにも防人についてのものが、根気よく目を通せば出てくるでありましょうが、現在は未調査です。

また、軍事面から自衛隊が防人を教育機関においてどのように見ているのか興味のあるところですが、稿者にはそれを知る術はありません。

このようなわけで、現代社会の中での防人または防人歌といっても、それは極く一部分についてふれたにすぎない、ということです。

そうした一部分を垣間見て気のつく点をあげるならば、第一に、過去において防人又は防人歌が宣揚され囃される時、それは軍国主義と不可欠の関係にあり、それと密着していたことでありますが、幸いなことに、今はそうした空気がまだ少ない、ということです。

万葉の歌の解説や選歌などに、最近防人の歌が取上げられることが多くなってきています。この傾向と、保守化、反動化、あるいは人によっては軍国化が進んでいるという世評が時期的に一致している点があります。こうした点を顧みる時、右に垣間見た範囲で、そうした空気を感じないからといって、「そうした空気がない」とはいえないので、「まだ少ない」と「まだ」の表現を用いたわけです。

第二は、歌碑で見るように、忠君愛国的面でない、離別の情という人間本然の感情が古来大切にされ、それの集成されたのが歌碑として諸方にあり、人間性回帰を無言のうちに物語っていることにおもいつくことです。

第三に、僅かな部分からみたにすぎませんが、防人という語を中心に現代社会の中に、生活の一コマのように自然の形でみえることです。

注

1　拙著『防人歌研究』（昭和53年4月・教育出版センター）六四～六八頁。

2　『旅』50巻1号（昭和51年1月・日本交通公社）六〇頁。

3　西角井正慶編『年中行事事典』（昭和33年5月・東京堂）。

4　万葉集と現代社会

○

万葉集は現代に生きるている我々とどのような関わり合いをもっているのであろうか、とふと思い見つめたく思いました。

新聞を見ていますと、記事にチラシによく目にとまります。

新聞を見ておりますと、装飾美として「万葉しらたま真珠・ピアス・ネックレス」等がみえます（朝日・22年11月19日（土））。チラシの墓所案内では千葉・白井（シロイ）市の永代供養墓所として「万葉の碑」がみえます。

和菓子では和菓子の郷「花奴万葉庵」、その他、湯の花万寿やうどん茶屋として「万葉亭」（群馬・伊香保）の名がみえます。

そこで、どの位万葉の名がみえるのか調べてみました。すると、マンヨウ、まんよう、万葉、萬葉の表記で、公園に対して「万葉公園」「マンヨウ公園」といった具合に別々の表記が目にとまります。

その表記をここでは万葉に統一して扱ってみます。又、ここでは主に東日本地域を扱います。これらの中には世の盛衰に伴なって既に存在するものがないものもあるかと思います。

・―明日香モラロジー事務所　・―庵　・―うどん柏山庵　・―うどん本店　・―園（7）
・―苑（2）　・―園グリーンサービス　・―園芸（2）　・―苑美容室　・―園ヨークマート店
・―温泉　・―会館　・―介護サービスセンター（2）　・―介護サービスセンター橿原
・―開発　・―柿の葉寿司　・―学舎　・―ガーデン　・―館デイサービス・センター
・―協同組合　・―倶楽部（2）　・―クリエートパーク　・―クリニック　・―ケアハウス
・―警察犬・家庭犬訓練学校　・―軒　・―建設　・―建設協同組合　・―公益社
・―公園　・―古美術　・―コンタクト・メガネ　・―茶寮・みさか　・―寺　・―しおりの店
・―歯科医院（2）　・―地所　・―自然公園・かたくりの里　・―児童クラブ　・―社
・―舎　・―社会福祉センター　・―住宅　・―種苗　・―小学校　・―商事　・―食堂
・―食販　・―植物園　・―塾・古典・英語・数学教室　・―書店　・―書房　・―スクール
・―寿司　・―生活支援ハウス　・―接骨院　・―線　・―染織　・―染装工事　・―荘（3）
・―荘園　・―創業社　・―タクシー　・―茶屋（2）　・―超音波温泉　・―亭（9）

・―堂書店（3）・―電気工事　・―洞（5）・―堂（3）・―ドッグスクール
・―ドライクリーニング（2）・―とろろめし　・―の丘スポーツ広場　・―の郷
・―の里（15）・―の里グループホーム　・―の里特老ホーム　・―の店　・―の杜
・―森（4）・―の館　・―の湯（7）・―ハイツ（3）・―ビジネスホテル　・―病院（2）
・―福社会ケアハウス万葉（6）・―フーズ　・―物産　・―不動産　・―文化館
・―ペイント　・―ヘルス　・―弁当　・―貿易　・―保険企画　・―法律事務所
・―名産百貨店　・―銘茶　―メモリアルホール　・―薬局

右に見ますように、101の名称がここにはあります。これら以外でも先にふれましたように、装飾名や墓所をはじめ、ここ3の「防人歌と現代社会」にみました諸相等を合わせ考えますと、万葉集は古典の世界を超えて現代そのものの中にあるといった感じがします。一千年を超えた古典文学の作品がこれ程に社会、生活に透み通り生きている作品が一体どこにありましょうか。これまさに、文学の世界遺産そのものの価値の表現者といっては稿者のうがちでしょうか。

初出一覧

・こじつけ　昭和六一年七月　万葉集研究会々報　二号
・気質と研究対象　昭和六〇年五月　万葉集研究会々報　一号
・歌の解釈に思う　平成六年八月　常盤沿線歌人　一三号
・万葉人の平均寿命　昭和五八年六月　解釈　二九巻六号
・一首鑑賞　昭和五九年四月　一〇〇人で鑑賞する万葉百人一首　教育出版センター
・万葉集研究に思う　平成五年一月　常盤沿線歌人　一〇号
・持統天皇の歌一首　平成四年一月　常盤沿線歌人　八号
・人麻呂信仰　平成八年一月　常盤沿線歌人　一一号
・坂上郎女の血液型　昭和六二年五月　解釈　三三巻五号
・初学の方に　万葉集入門　昭和四五年一二月　中学文芸　六巻一二号

あとがき

中学時代の佐木谷隆載先生や高校時代の遠藤央子先生等の素晴らしい国語の授業を通して、万葉集を知りました。昔の人も現代の我々に通ずる心情を知り、興味を持ったのが、この道に入る切っ掛けでした。

それからいつしか二十年、三十年と経ち、定年退職となり、気がついたら四十余年が過ぎていました。その間に万葉集の本を九冊出しました。だがいずれも備忘録の類で考究、究明には程遠いものでした。万葉集に取り組んできた今、思いますことは、唯の一度も万葉集の深く底知れぬという実感を持てぬまゝで終えてしまったことです。そこに至らぬ内のまゝ、お開きになりました。万葉の世界について何一つ分からず知らずの内の幕引きというわけです。そしてふと思いました。いつしか八十余歳になりましたので、備忘録を確認すべく一本を仕上げこの世界のお開きにしたいということを。

出版事業の更なる厳しい情況のもと、快諾された同姓、星野浩一氏に甚深の謝意を表すとともに、私事ですが、二〇二〇年二月にあまりにもあっさり鬼籍に入った妻、昌子に一本を呈することを。

二〇二三年　六月吉日

著者記

著者紹介

星野　五彦　（ほしの・ゆきひこ）

1939 年 12 月　東京都新宿区に生まれる。

1964 年 3 月　法政大学第二文学部日本文学科卒業

1971 年 3 月　大正大学大学院博士課程満期退学

元江戸川短期大学教授

著書　『防人歌古訓注釈集成』『防人歌研究』（Ⅰ・Ⅱ）　教育出版センター

『万葉の展開』『万葉の諸相と国語学』　桜楓社（おうふう）

『万葉歌人とその時代』『狐の文学史』　新典社

『文芸心理学から見た日本文学』　万葉書房

『文芸心理学から見た万葉集』万葉書房

文芸心理学に関する論文　20 余本　その他単著計１５冊

検印省略

万葉叢書⑭

ようこそ 万葉の世界へ―万葉集入門

令和５年８月25日　初版第一刷

定価　一五〇〇円（税抜）

著者　星野五彦

発行者　星野浩一

発行所　**万葉書房**

〒二七一・〇〇六四

千葉県松戸市上本郷九一〇・三

パインポルテ北松戸一〇一

電話&Fax　〇四七・三六〇・六二六三

印刷・製本　モリモト印刷株式会社

万一落丁の場合はお取替えいたします

ISBN978-4-944185-20-7　C3095